かつて私を愛した夫はもういない

～偽装結婚のお飾り妻なので溺愛からは逃げ出したい～

目次

かつて私を愛した夫はもういない
〜偽装結婚のお飾り妻なので溺愛からは逃げ出したい〜　5

番外編　かつて私を優しく愛した夫はもういない　189

かつて私を愛した夫はもういない

～偽装結婚のお飾り妻なので溺愛からは逃げ出したい～

第一章　身分差を越えた新婚時代、夫の不実の発覚

靄《もや》に包まれた街の中、くすんだプラチナブロンドの長い髪の持ち主である女性ダイアナが、とある噂を否定するために夫を求め、ふらふらと路地をさまよい歩いていた。最近はどんな天気であっても明るく感じていたのに、今日は周囲がすべて煙っているような気がする。

どれだけ探しても、夫レオパルトの姿は見当たらない。

（やっぱり使用人たちの話していた噂は嘘だったのね）

噂とは――レオパルトが不実を働いているという類のものだ。

不安に駆られて供も付けずに走ってきたが、勘違いだったと思って、ほっと胸を撫でおろす。

どっと噴き出してきた汗を手で拭うと、一度呼吸を整えた。

（商談を終えたレオが屋敷に戻って心配しているかもしれないわ。早く帰らないといけない）

捜すのは無意味だとあきらめて屋敷に帰ろうとしていたそのとき、たまたま高級娼館《しょうかん》に目が留まった。少しだけ強い風が吹いて真っ白な靄《もや》が一瞬だけ晴れると、きらびやかな外観をした建物の裏口が露わになる。

「あれは……」

忍ぶようにして現れた男性の姿を見て、ダイアナは零れんばかりに目を見開く。

「レオ……」

彼の名を呼ぶ声が震えた。状況を認識したくなくて、サファイアブルーの瞳が忙しなく動く。喉が異常に乾いて、鼓動がどんどん速くなっていったあと、濡れた手足から一気に力が抜けていくような錯覚に陥った。

(いいえ、よく似た男性かもしれない……)

見間違いかもしれないと、自身を奮い立たせるように頭を振ると、改めて目を凝らして相手へと視線を向けた。だが、やはり立っているのはレオパルト本人だったのだ。

ざわざわと虫が這うような感覚が手足を駆け抜け、何度か両手を握り直す。

どうやら、彼はこちらの視線に気づいてはいないようだ。

(そんな……娼館《しょうかん》の裏にいるだけじゃない。それだけで高級娼婦との浮気の噂が本当だって思うのはあまりにも馬鹿げているわ)

そう言い聞かせていたのだが、娼館《しょうかん》の裏口から、レオパルトのあとを追ってひとりの人物が現れた。

靄《もや》の中でも輝きを失わないプラチナブロンドを持った、天上の女神のような大層見目麗しい女性。

姿を見せた彼女は、ダイアナの夫であるはずのレオパルトの胸に飛びこむ。

あまりの衝撃で全身が重たくなったような感覚に襲われたあと、その場に縫いつけられたかのように動けなくなった。

そうして――

「……っ！」

レオパルトが女性のことを抱きしめ返したのだ。

ダイアナは居ても立ってもいられなくなり、その場から脱兎のごとく逃げ出した。使用人たちの噂を否定したくて夫を捜しに出たはずだったのに、なんだか激しく裏切られた気分だった。

怒りとも悲しみともつかない気持ちが湧き上がってくる。走っているせいもあるだろうが、胸が締めつけられて、熱いものが喉からせりあがってくるようで、頭の中がぐわんぐわんと波打つようだ。

（……苦しい）

噂のように、自分との結婚前からレオパルトと高級娼婦とは関係があったのだろうか？

彼女は彼に妻がいると知っているのだろうか？　知っていたとしても、娼婦だから客を選べないだろう。それではレオパルトが一方的に熱を上げているのか？

いや、娼婦といっても高級娼婦だ。客は選べるはず……

それならば、ふたりは愛し合っているのだろうか？　レオパルトにとって自分は体裁のための妻なのか？

自分のことを見て愚かな女だと、ふたりして裏では笑っているのかもしれない。この世に自分ひとりしかいないような孤独と、どこにも自分の居場所がないような絶望が襲う。雨の中、熱い涙がこみあげてくる。

(苦しい……)

娼婦の輝くようなプラチナブロンドの髪も、くすんだプラチナブロンドの髪しか持たないダイアナのコンプレックスを刺激する。

なんとか歩を進めるが、まるで泥水か何かの中を歩んでいるようだった。

(あの娼館《しょうかん》の中で、レオパルトは彼女にわたしに毎晩行うような真似をしたの?)

熱っぽい口説きに、激しい口づけ、情熱的な行為——

彼女のことを、夫は自分以上に大切に扱ったのだろうか?

(苦しい……!)

泣きたくないのに涙があふれて止まらない。

ダイアナがレオパルトと同じように明るく華やかで社交的な人物だったならば、もしかしたら不実に出くわしたときに、その場で相手をもっと上手に問いつめたり、事実を聞き出すことができたかもしれないが、おとなしい性格になってしまったのでそれはできなかった。

外はまだ明るい時間帯だ。靄《もや》の中でも照りつけてくる太陽が、お飾りの妻でしかなかったダイアナを嘲笑っているかのようでもある。

『ダイアナ、君のように可憐《かれん》な女性に出会ったことは今までに一度もない』

舞踏会で出会い、情熱的に求めてきたレオパルト。彼は先見の明があり、一代で財を築き上げた青年実業家だった。

レオという愛称で親しまれ、豹《ひょう》のようなアッシュブロンドの髪に、爽やかで切れ長のアップルグリーンの瞳、恵まれた長身に均整のとれた体躯《たいく》。野性味あふれる鋭さと、柔和な優しさを兼ね備えた端整な顔立ち。時折見せる笑顔には色香が混ざる。

まるで貴族のように乗馬や狩りをたくみにこなすレオは、身分こそ低いが女性たちの憧れの的だった。社交の場に立てば、令嬢たちから引っ切りなしに誘いが来る。

そんなレオパルトが、ダイアナのもとに現れて声をかけてきたのだった。

『正直、いろいろな人から話しかけられるのは大変だとは思いませんか？　ダイアナ嬢』

『え？』

晴れやかなレオパルトとは対照的に、パーティ会場の片隅に咲く雑草のようだと揶揄《やゆ》されていた令嬢ダイアナ。華やかな風貌の男性がそう声をかけてきたので、彼女は戸惑った。

（どうせ、明るい青年の社交辞令か戯《ざ》れ言《ごと》よ）

会話を交わすのが苦手なダイアナは、そっと相手のアップルグリーンの瞳から視線をそらした。

『ごめんなさい。わたしは、あなたのような社交的な男性とは話す機会があまりなくて……』

『商人という立場上、口を開くのが仕事だから致し方ないのですが、本当の私は喋るのが苦手なのですよ』

いつの間にか触れるほど近い位置に来ていたレオパルトの手が、くすんだプラチナブロンドの髪を取る。彼女の足元にひざまずいた彼は、口の端をゆるりとあげた。

『どんなに華やいだ令嬢と一緒にいても、心が休まることはない。だけど、壁際に物静かに咲くあなたならば、はばたき疲れた私の休息の場になってくれる気がする』

そうして、ダイアナの髪と手の甲に口づけを落としたのだった。

舞踏会での初めての出会い以来、レオパルトは毎日のようにダイアナへ手紙や花を送り届けるようになる。

簡単には人を信用できなかったダイアナだったが、彼の情熱はまるで炎のように途切れることなく続いた。

『ダイアナ、あなただけを愛している。私が妻にと望むのはあなただけだ』

『そばにいるだけで私の心を潤してくれる。まさに、天の恵みのような女性だ』

『どんなに華やいだ姿をした女性でも、私の心を穿《うが》つことはできない。私の心を掴むのはあなただけだ、ダイアナ』

これまでに浮き名を流してきた異性の言葉だ。女性慣れをしているであろうレオパルトの歯の浮くような言葉の数々に、ダイアナは辟易《へきえき》してしまう。

(誰にでも同じようなことを話しているに違いないわ。出会ったばかりの女性のことを軽々しく呼び捨てにするのも怪しい気がする)

警戒していたダイアナは、レオパルトとはなるべく距離を取って彼のアプローチが鎮静するのを待っていた。

そんなある日のこと、ダイアナは友人と喧嘩《けんか》をしてしまった。喧嘩《けんか》と言っても本当にささいな内容で、お茶会の茶葉の準備をしている際に、『どうしてダイアナは自分の好みを主張しないの？　いつも相手に合わせてばっかりじゃない』と言われてしまったのだ。

『ダイアナ、機嫌が悪そうだけれど、どうしたんだい？』

警戒しているレオパルトに対して相談するのは気が引けたが、いつも何かあれば相談している友人と喧嘩《けんか》になってしまっていたので、誰かに話を聞いてほしかった。

『聞いたらがっかりすると思うけれど、数少ない女友だちと口論になってしまったの』

『口論？　君が腹を立てるぐらいだから、よほどのことがあったんだろう』

『わたし、もしかして怒ってたのかしら？　こんなこと初めてだから、相手にどう伝えたらいいかわからなくて……』

『だったら、素直に謝るだけでいい』

『え？』

『仲がいいんだろう？　だったら、絶対に相手は君のことを許してくれるさ。取り返しのつかないことをしでかしたわけじゃないんだ。あとは友人の言う通り、もっと君は自分の意見を言ったほうがいい。自己主張をしたからって嫌われることなんてないんだ』

レオパルトなら、ありのままの自分を受け入れてくれるかもしれない。

思いがけず相談に乗ってもらえたおかげで、そんなふうに思うようになった。

また別の日、ダイアナは体調が優れずに舞踏会に参加できなかった。私室のベッドの上で横になっていた彼女のもとに来訪者が現れる。

『こんなときにお客様……？　どうぞ』

『ダイアナ、心配で舞踏会どころではなくて訪ねてしまったよ、迷惑だっただろうか？』

『レオパルトさん……？』

レオパルトは舞踏会には参加せず、ダイアナのもとを訪ねてきた。

(大事な社交の場を放り出してくるなんて……)

申し訳ないと思いつつも、自分のことを優先してくれた彼に対して心が揺れた。

『レオパルトさん、商人にとって社交の場は大事だと仰っていませんでしたか？　どうぞ戻られてください』

だが、レオパルトはきっぱりと告げた。

『社交も大事だ。だが、それ以上に、ダイアナ、私が君のそばにいたいんだ』

『あ……』

そうして、体調が悪い身体を優しくさすってくれた。

(だまされたらダメだって思うのに……)

異性にこんなに近い距離で優しくされたのは初めてのことで、気恥ずかしさとうれしさとがないまぜになる。

しばらくしてダイアナの父親が私室に現れて、レオパルトは追い払われてしまう。実業家として成功したとはいえ、商人であるレオパルトと伯爵令嬢であるダイアナとでは身分差があるからと、反対されてしまった。

『お父様、レオパルトさんは心配してきてくれただけなのよ。そもそも友人でしかなくって』

ダイアナがそう告げるものの、父は納得せず、もう会ってはいけないと言ってきた。友人であるならば、なおのこと、今のうちに距離を置けと強く反対された。

(……お父様があれだけ反対してきたもの。レオパルトもわたしの家と関わるのは面倒だって思ったに違いないわ)

けれども翌日、正装に着替えたレオパルトが屋敷に現れたのだった。

『伯爵様、どうかダイアナ様と結婚させてください。こんなにも女性に心惹かれたのは彼女だけなんです』

客室の扉の向こうで父とレオパルトのやり取りを聞いていたダイアナは、彼の熱心な物言いに心打たれる。

(ここまでわたしのことを思ってくれているなんて……)

そうして、レオパルトは毎日のように屋敷を訪れては父を説得した。

そうして数ヶ月後、今日もまた追い出された彼の背をダイアナは追いかける。

『レオパルトさん』

『ダイアナ』

振り向いた彼が少しだけ寂し気に微笑む姿を見て、ダイアナの胸はきゅうっと疼《うず》いた。ふいっと視線をそらしながら彼に向かって告げる。

『お父様は頑固なんです。もうあきらめたほうがいいと思います』

しばらく黙っていたレオパルトだったが、ゆっくりと口を開く。

『ダイアナは私のことを好きにはなれそうにないのかい？』

『え？』

思いがけない質問にダイアナのサファイアブルーの瞳が揺れ動く。

『それは……』

『君が私のことを愛せないというのなら、私は君の前から姿を消そうと思う』

『え……？』

姿を消すと言われ、ダイアナの胸に動揺が走る。

『君をこれ以上困らせたくはないんだ。それじゃあ』

ダイアナは去り行く彼の背を見て不安が高まる。

『待ってください……！』

立ち止まったレオパルトがこちらを振り向いた。

『あまりにも住む世界が違うと思うんです。それは身分とか、そういう話じゃなくて……その、あなたはとても男性として魅力的な人だけど、わたしじゃ釣り合わないと思っていて……』

喋りながら熱い涙が浮かんできた。もっとこの男性と釣り合うほどの魅力が自分にあったなら、堂々と父を説得できたかもしれないのに。

『初めて会ったときにも伝えただろう？　私はあなただからいいんだ、ダイアナ』

『え？』

『私の心に安らぎを与えてくれるのは君だけなんだ、ダイアナ。ほかには誰も欲しくない。僕の妻になって一生そばにいてほしいんだ』

いつもは余裕のあるレオパルトの真摯な眼差しが波のように揺れ動いている。

必死な様子の彼を見て、ダイアナの胸の奥深くが熱くなると同時に、自然と口元が綻んだ。

『レオパルトさん……いいえ、レオパルト』

彼の必死さに当てられたのか、知らぬ間に頬を伝う熱い涙を、レオパルトがそっと拭ってくれた。

『レオパルト、あなたが、わたしだけを望むというのなら』

『もちろん、生涯、君だけを愛しているよ、ダイアナ』

こうして覚悟を決めたダイアナは、レオパルトの求婚を受け入れた。彼の熱い抱擁に身を委ねているのは、まるで夢見心地だった。

数ヶ月後、彼の本気を感じ取ったダイアナの父も、身分違いのふたりの結婚を認めたのだった。

もともとダイアナの父が所持していた別宅を譲り受け、豪勢な結婚式を教会で挙げた。そのあと、ふたりは新居の寝室で初夜を迎える。

生まれたままの姿にされ、ベッドの上に横たわったダイアナの全身に、レオパルトは長い時間口づけを落とし続けた。彼の唇が、指が、手が……彼女の肌を伝うたびにプラチナブロンドの髪と全身が揺れ動く。時折肌に触れる彼のアッシュブロンドの髪が、彼女をくすぐる。

緊張して震えるダイアナの身体を彼は優しく抱きしめた。

『愛している、ダイアナ。可憐《かれん》な花を摘めるのは、なんて光栄なことだろう』

『あっ、あ……』

異性からの初めての愛撫《あいぶ》に、可憐《かれん》な花のようなダイアナは嬌声を上げ続ける。レオパルトは野性味あるたくましい腕でかき抱いては、口づけを落とす。

『っあっ、あ、あ……』

優しく絆《ほだ》された彼女の身体の中心が締まった。脚の間からは、快楽に揺蕩《たゆた》っていることがわかる愛蜜がとろける。その間の狭く閉ざされていた穴を、レオパルトの節くれだった長い指が丁寧にほぐしていった。

『君の中に私を受け入れてほしい』

『っああ……』

指でほぐされてはいたが、いまだにきつく締まっている扉を獣のように猛《たけ》る器官が圧し進んでいく。熱の塊のようなそれに、みちみちと花溝がこじ開けられていった。進んでくる肉棒に肉壁がぎゅうぎゅうと吸いつく。繋がり合った場所からは、破瓜を迎えた証の紅き血が流れていった。

あまりの熱さにダイアナが混乱していると、次第に痛みが遠のいていく。愛するレオパルトに優しく声をかけられ、雄々しい肉塊をすべて飲みこんだのだと気づいた。

『私に初めてをくれてありがとう。ずっと君だけを大事にするよ、ダイアナ』

レオパルトの髪の合間から覗く額には、玉のような汗がいくつか浮いている。

『レオ……』

『結婚記念日には、毎年、君に薔薇《ばら》を送るよ』

そうして、ふたりはどちらともなく口づけ合う。

処女を失ったときの苦痛は耐えがたいものではあったが、それ以上の幸福感がダイアナを包みこむ。

（こんな幸せがずっと続いたらいいのに……）

愛する男性に抱きしめられる喜びを、求められることの悦《よろこ》びを、誰かを受け入れることの歓びをそっと噛み締めたのだった。

結婚式を挙げてから毎夜《まいよ》、レオパルトはダイアナを強く求めた。精力的な彼の愛撫《あいぶ》は、ときとして優しく、ときとして情熱的で――彼女は毎晩、ベッドで激しく乱れることとなる。

『んっ、あっ……』

レオパルトはベッドの上に仰向けに寝そべるダイアナを一心不乱に求めた。彼女の上に覆いかぶさり、荒々しく彼女の唇を貪る。

『んっ、あっ、レオ……』

呻く彼女の唇を、獣のように激しく彼の唇が閉ざす。ふたりが唇を求めあうたび、貫く楔に子宮が揺さぶられるたび、くちゅりと卑猥な水音が立つ。

『ダイアナ、私だけの可憐《かれん》な花』

橙《だいだい》色《いろ》にほのかに輝くランプが、アッシュブロンドを煌めかせる。ぼんやりと薄暗い明かりの下、重なり合ったふたりの影がゆらゆらと揺れ動き、新品のベッドをぎしぎしと揺らした。

『はっ、あ、あんっ、あ……』

肉棒と肉壁がしがみつき合って、擦《こす》れ合うたび、ふたりに快感をもたらす。

打ちつける波のように激しい水音とともに、欲棒の膣内への抽送を繰り返されながら、ダイアナはレオパルトから肌を吸われる。そのたびに彼女の身体は、何度も何度も白魚のように跳ねあがった。

『あんっ、あ……』

レオパルトが震える最奥に向かって精を放つと同時に、ダイアナは弓なりに背をそらして小さな悲鳴を上げた。

『あっ、あああ……っ!!』

精を放たれたばかりの花弁はひくひくと猛《たけ》りを締め上げた。ふたりの間から愛し合ったことがわかる白濁した泡が零れ落ちる。

絶頂を迎えて呼吸が整わないダイアナの身体を、レオパルトはそのたくましい腕で包みこんだ。

『愛してるよ、ダイアナ』

何度もレオパルトに求められたあと、髪を大きな手で撫でられながら眠りにつく。

ダイアナはこれまでの人生の中で、かつてないほど心身ともに満たされていた。

レオパルトは、野生のような肉体美で彼女の身体を満足させ、華やかな笑顔を浮かべながら彼女の気に入る言葉を選んではかけてくる。その大きな手はベッドの上で疲れたダイアナを、まるで壊れものか何かのように大切に丁寧に扱ってくれた。

毎朝、ほのかな苦みのある香りでダイアナは目を覚ました。使用人ではなくレオパルトが自ら、挽きたての豆を使ったコーヒーを淹れてくれるのだ。

ブラックで飲むダイアナとは違い、レオパルトはミルクと角砂糖を何個も使用しないとコーヒーを飲めなかった。年上のレオパルトの意外な一面を知り、ダイアナの心は淹れたてのコーヒーのように温かく潤っていたのだった。そうして――

『ダイアナ、これを君に』

結婚記念日には薔薇《ばら》を贈ると言っていたはずのレオパルトだったが、なぜか毎日彼女に花を贈った。

淡い紫のカトレアやサフラン、淡いピンクのネリネ、純白のフランネルフラワーなど実にさまざまで、それらはとても美しい。

『記念日に薔薇《ばら》をもらえるのではなかったの？』

ダイアナは一輪のサフランを受け取りながら、内心はうれしいもののレオパルトからの愛情表現が気恥ずかしくて、少しだけ呆れた調子で返答してしまった。

『薔薇《ばら》じゃなくて、別の花なんだからいいだろう？』

『そんなものかしら？』

『ああ、そうさ』

ダイアナが微笑むと、レオパルトは太陽のように笑う。その笑顔はとても眩しかった。

さらに数日が経ち、ハネムーンに向かうころ。

親戚が所持している邸宅を借りるのが新婚旅行の定番であり、都市部から離れた田園を訪ねることが多い。ふたりも、ダイアナの縁戚の大邸宅を借りようという話になった。

ダイアナは使用人たちとともに旅の準備をする。幼少期、生家の屋根裏部屋に続くはしごをこっそり上ったときのように心が弾む。トランクいっぱいに、外出着やお気に入りの本などをつめこんだ。

（レオと一緒だもの、とても素敵な旅行になるに違いないわね……）

荷物を入れたそれは夢がつまった胸の内のように膨《ふく》らんでいた。

取引に関する急ぎの話し合いがあると言って出かけたレオパルトの帰りを待つ間、ダイアナはのんびりと庭を散歩する。使用人たちによって美しく手入れがされている屋敷の庭は豊かな緑にあふれ、花々の甘い香りが漂う。庭の向こうには馬や犬が繋がれている木造の厩舎《きゅうしゃ》が見えた。

『それは本当かい？』

そのとき、厩舎《きゅうしゃ》の陰からひそひそと話し声が聞こえてくる。

『ええ。レオパルト様ったら、まだ新婚だというのに、どうもほかの女性に手をつけているそうよ』

御者に向かって、そばかすがたくさんあるメイドが嬉々《きき》として話している。その内容に、ダイアナは耳を疑った。

（レオが、ほかの女性に――？）

今までに感じたことがないほど心臓が激しく脈打ち始める。

『ダイアナ様に隠れてかい？』

『もちろんそうよ。だって前も話したじゃない？　そもそもレオパルト様からすれば、今回の結婚は上流階級の人たちとのパイプになって、商売にいい影響を与えるでしょうし……それに……』

ダイアナの存在に気づいている様子はなく、メイドはそのまま話し続けた。

『遊び慣れていないダイアナ様と結婚すれば、隠れてほかの女性たちと遊び放題だもの。それで跡取りでも作ったら、ダイアナ様から離縁を告げられないと踏んでるっていう噂もあるわ』

『へえ……』

『これまでにもレオパルト様は、上流階級のお嬢様方から声をかけられていたでしょう？　だけど全部断って、あえて物静かなダイアナ様を選んだのには、これまた別の理由があるらしいのよ』

聞きたくなかったが、でも、聞いておきたいという気持ちがダイアナの中に働く。

メイドは楽しそうに、弾む口調で続ける。

『どうもレオパルト様には、高級娼館《しょうかん》に情婦がいるらしいわ。莫大《ばくだい》な財を築き上げたレオパルト様でも買い取ることができないほどの娼婦よ。妻を娶《めと》ったとその娼婦が聞いたら心を痛めるんじゃないかと、あえておとなしめのダイアナ様を選んだそうなのよ』

彼らの言葉は鋭いナイフのように、ダイアナの心を深くえぐった。あまりに鼓動がひどいので、船に乗ったかのように揺れているとさえ感じる。

（……噂よ。だって、彼は毎晩わたしと一緒に過ごしているもの。実際にそんな場面に出くわさない限りは信じないわ）

愛をささやいてくるレオパルトのことを信じたかった。一方で、もともと別世界に住むような彼が、どうして自分を求めてきたのだろうと不思議に思っていたのも事実。

居ても立ってもいられなくなり、脱兎のごとくその場から逃げ出す。駆けながら嘘だと思いたかったけれども、用事があると言っていたレオパルトのことが気になってくる。

そうして、不安な思いを抱えたままレオパルトを捜しにいった結果、噂通りの事態に出くわしてしまった。

ダイアナはもつれる脚を必死に動かして、なんとか屋敷に戻ったのだった。

「ダイアナ、せっかくの日曜日だったのに用事ですまなかった。離れている時間も君のことを想っていたよ」

屋敷に帰ってきたレオパルトにダイアナは抱き寄せられた。その鍛え抜かれた胸板に頬が沈みこむかのように深く、きつく抱きしめられる。

いつもは太陽のように明るく爽やかな香りしかしないレオパルトの衣服から、艶やかな雰囲気を持つカメリアを彷彿とさせる香水が漂ってきた。上品な香りのはずなのに癇《かん》に障《さわ》るにおいだ。

「ダイアナ、ベッドで乱れる君を見たい」

その晩もレオパルトはダイアナと床をともにすることを望んだ。

風呂上がりで、ふわふわとしたバスローブに包まれた彼女の身体を彼は抱く。同じく湯を浴びたレオパルトの髪は水分をまだ含んでいて、時折ダイアナの頬に雫が落ちてくる。いつもと変わらない様子のレオパルトに向かって、ダイアナはひとつだけ尋ねてみた。

「その……昼間は、どこに行っていたの？」

「……ああ、交渉先と取引に関する急ぎの話し合いをしてきたんだ。遅くなって悪かったね」

「それだけ？」

「ああ、そうだよ」

レオパルトは爽やかなアップルグリーンの瞳をすがめながら告げた。

彼の言葉を聞いて、ダイアナの頭の中で警鐘が鳴り響く。同時に、息ができないほど胸がつまる。

（嘘よ、嘘よ、嘘よ）

レオパルトは嘘をついている。いや、もしかしたら本当に交渉先との談合があったのかもしれない。

だけど、それだけではなかったはず。レオパルトは間違いなく、ほかの女性と娼館《しょうかん》で密会していたのだから。

「ダイアナ」

レオパルトは熱を帯びた口調で名を呼ぶと、呆然としている彼女の唇を熱い吐息を孕んだまま求める。

ダイアナは彼の舌に割られたあと、口の中を彼の粘膜が犯していくのを黙って受け入れた。くちゅりくちゅりと淫卑な水音が、いつものように寝室の中に反響する。

レオパルトの伸ばした大きな手が、彼女の身体をまさぐった。

いつも以上に優しいレオパルトの愛撫《あいぶ》を、ダイアナはただただ無抵抗に受け入れる。けれども、人間ではなく動物か何か、いや無機物に触れられているかのようで、普段なら敏感に反応する身体は何も感じない。

「ダイアナ？　今日は、どうかしたのか？」

彼女の様子がいつもとは違うことに気づいたレオパルトが、狭穴《きょうあな》をいじる指の動きを止めた。心配そうに気にかけてくるその様子がすべて嘘に見える。そうして、まつげを震わせながらつぶやいた。

「ごめんなさい、レオパルト」

いつもは濡れて輝く花芯から蜜があふれることはなく、レオパルトの侵入を拒んだのだった。

あの、抱かれることなく終わった夜以来、ダイアナはレオパルトに対してどう振る舞っていいのかわからなくなってしまった。

あれだけ楽しみにしていた新婚旅行もどこか醒めた気持ちのままで終わった。旅先でレオパルトが愛そうとしても、月のものがあると断った。

しかし、ダイアナはレオパルトの妻として粛々と毎日をこなした。時折開かれる社交パーティでも完璧な妻として振る舞い、一歩引いて彼を立て、慎ましやかに過ごす。あれほど苦手だった華やかな場でも、彼の友人たちと滞りなく会話だって交わす。

明るく太陽のような彼の妻として表面上は問題なく過ごしたのだ。

そう、表面上は――

何かと理由をつけては、彼との行為をダイアナは拒むようになっていた。夫婦にもかかわらず身体を求めあうこともない毎日が続く。どうしても別の女性を抱きしめる不実なレオパルトの姿が脳裏に浮かんでしまうのだ。

行為がないとはいえ、初めは同じベッドで過ごしていた。

そのうちレオパルトは仕事がなかなか終わらないからと、家に帰ってこない回数が増えていく。帰宅しない日、あの高級娼婦と会っているのだろうと漠然とそんなことを考える。

次第に同じ寝室で過ごすこともなくなり、たまに家で過ごすレオパルトは、簡素なベッドを準備した書斎で眠るようになった。

離れて眠るふたりだったが、朝になるとレオパルトは寝室に現れて、一輪の花を花瓶に挿して仕事に向かう。それは、彼が屋敷に帰っているときに行われる儀式のようなものだ。

だが、それすらも嘘をついていることや不実への言い訳のように感じてしまう。しかし一方で馬車に乗り、仕事に向かうレオパルトの背を、どうしても見送ってしまう自分がいることにもダイアナは気づいていた。

愛した人に裏切られた感覚は容易に消えてくれない。愛する彼と一緒にいるようでいない日々は心に風穴を開け、その穴はだんだんと大きくなっていく。相手はそこにいるのに存在せず、なんだかみじめでつらくて仕方がなかった。

（レオに恋していなければ、友人たちと会話を交わして過ごす日々だけで、きっと満足していたのに――）

もともと地味な性格で、異性と恋愛できるかどうかもわからなかった。レオパルトと出会いさえしなければ、こんなに傷つくことはなかっただろうとすら思った。

事情を話せなかったが、それでも仲のいい友人たちと時折お茶会を開いて会話をすれば、ある程度は心を癒すことができていた。けれども彼女らも結婚していき、都市部ではなく地方に移り住むようになり、次第に疎遠になっていく。

だんだんとすがる何かがほしくなって、最後に神にすがるほかなくなっていた。教会に向かうと心が癒される。神に悩みを話すと心が軽くなる。邪教ではなく国教であり、熱心な信者は尊敬され、他者から非難されることもない。教会でオルガンを弾くのが一番の心の慰めだった。

「ダイアナ様」

ちょうど楽譜をめくろうとしていたところ、グレイ神父がダイアナに声をかけてきた。彼の隣にはハットを被った髭面《ひげづら》の紳士が立っている。新聞で目にしたことのある大富豪だ。

（たしか、オズボーン卿と名乗られていたはず）

レオパルトは平民から大富豪に成りあがった経緯があるが、オズボーン卿の場合は貴族出身であり、伯爵位を所持している。貴族としての役目を果たしながら商売も並行しておこなっている人物であり、レオパルトと生業を同じくしているので、商売敵に当たる人物でもあるはずだ。

立ち上がったダイアナは思わず身構えてしまった。

「財界の新進《しんしん》気鋭《きえい》、レオパルト殿の奥方というのは、あなた様でしょうか？」

「はい、その通りです」

卿のことは教会でも何度か見たことがある。少しだけ神経質そうな顔立ちの、長身の男性。偶然にも、瞳の色がレオパルトに似たアップルグリーンだったため、ついレオパルトのことを思い出してしまい、心臓がおかしな音を立てはじめる。一度深呼吸をしたあと、ダイアナは作り笑いを浮かべた。少し自分を偽るだけでも、なんだか生気が湧いてこなくて疲れてしまう。

「はじめまして、オズボーン卿。ダイアナ・グリフィスと申します」

オズボーン卿は、にこやかな表情のまま続けた。

「せっかく女性たちの憧れの的であるレオパルト殿の妻になったというのに、冴えない表情だ。やはり、女性たちと浮き名を流した男性の妻というのは疲れるのでしょうね」

「ええっと……」

夫婦の境界に入りこむような質問に戸惑ってしまう。

「儂《わし》が若ければ、あなたのように繊細な音色を奏でる女性を放ってはおかないのに」

「それはどういう意味でしょうか？」

新婚の夫のそばを離れ、ひとりでオルガンを弾くダイアナは、ぴくりと震えた。

「仕事よりもあなたのそばにいる時間を増やすのになと思いましてね、同じ仕事をしているからこそ、そう思ってしまったんですよ。ああ、余計なことを言いました。それでは」

レオパルトと同業者であるオズボーン卿の言葉は、深く深くダイアナの心を抉《えぐ》った。

結婚前、社交よりもダイアナの身を案じて駆けつけてくれたレオパルト。

だけど、あれは偽りの彼だったのだろうか。

「もう何もわからないわ……」

何が嘘で何が真実なのかわからなくて、だけど、わからないのに考えすぎて深い森の中に迷いこんで出れなくなってしまったような不安が、ダイアナを苛んでくるのだった。

第二章　偽りの夫婦の二年後

気づけば、二年の歳月が流れた。

いつしかダイアナは熱心な宗教家になっていた。教会に行けないと落ち着かないほどに。

神は彼女の心をある意味救ったのだ。

あるとき、ダイアナは身体に不調があり、屋敷から出られないことがあった。

心配したグレイ神父から手紙が届き、家で彼から説教を受けられるようになった。教会から派遣されてきた彼は、多忙で教会のミサに参加できない者や、ダイアナのように外出が困難な理由のある者や身体が不自由な者たちのもとへ、精力的に出向いているそうだ。

柔和な表情を浮かべ、人好きのするような顔をした彼は、まさに神父たる人物として相応《ふさわ》しい相貌をしていると言えた。修道誓願と呼ばれる、清貧、貞潔、服従の三原則を絵に現したような男性は、やつれたダイアナに神の御言葉を告げると、屋敷から去っていく。

（よかった。グレイ神父様から、神の御言葉を聞くことができて……）

しばらく教会に出向けずに落ち着かなかったダイアナだったが、神の言葉を聞いたことにより、春の陽ざしのような穏やかな気持ちを取り戻す。あれだけ重く感じていた身体が、まるで魔法にでもかかったかのように軽やかに感じる。鏡に映ったくすんだプラチナブロンドの髪さえも、いつもよりも輝きを増して見えた。

ふと、花瓶に飾られた一輪のサフランへ視線を移す。本来、香りのしないラベンダー色のサフランだが、水の中に長期間浸かっていたため、少しだけ枯れた草のにおいを放っていた。

(花弁はまだ潤いを残しているわ。枯れた葉の部分だけを切れば、まだ飾れるかもしれない)

レオパルトが生けたであろう花にそっと手を伸ばす。

サフランの花言葉は陽気、喜び。その単語に、社交的で華やかなレオパルトを想起してしまう。

また、穏やかな色もさることながら、サフランは薬として利用すれば気分を晴れやかにする効果があるという。そのことを知ったうえで、レオパルトはこの花を選んだのだろうか。

そんな疑問が湧いたけれども、ダイアナは頭を振った。

(レオはたしかに話術に長《た》けた男性だけど、花には詳しくはなさそうだったわ)

レオパルトにとって、花は女性を喜ばせるための道具のひとつにすぎないだろう。花が根腐れを起こすぐらい、彼の姿を数日間目にしていない。

(結婚前、わたしが具合を悪くしていたら真っ先に会いに来てくれたのに、今は時間があっても会いにさえ来ない)

レオパルトのことを考えると、胸中はとても複雑だった。

もうかれこれ二年、彼と身体の関係は持っていない。本当に新婚数日の間、たった数日だったが、心身ともに満ち足りていたことを思い出す。女性から好かれやすい彼が、自分だけを愛してくれているという幻想に浸れていたときは、どれだけ幸せだっただろう。

二年も経つというのに、彼が高級娼婦と一緒にいた場面が頭から離れてくれない。

現在、自身が置かれた——というよりも、自ら望んで彼から離れたのだが——状況と比較すると、胸にこみあげてくるものがあった。

せっかく神の教えを説かれて気分が向上していたというのに瞳が潤んでくる。

(結局、わたしのような地味な人間が、派手で社交的なレオパルトと心身ともに結ばれるなんて夢物語だったんだわ)

ふたりの間には子どももいない。性交渉もなく、もういつ離縁を切り出されてもおかしくはないのだが、レオパルトからそれを告げてくることはなかった。

(レオが何を感じているのかわからない)

仕事に精を出す彼を見ていると、高級娼婦を引き取るだけの財を手に入れたら、いつでも自分を捨てそうな気がする。いっそ自分から離縁を告げてしまえば楽なのに、彼の妻の座に居座ろうとする己の気持ちに気づいてもいた。今の立場のまま神の御許《みもと》にいけたら、どんなに楽だろうと何度考えたことか。

(わたしはどうしたいんだろう)

考えても考えても答えは出ない。袋小路の中をぐるぐると回り続けるネズミのような気持ちだ。過去に囚われて悪い未来を想像してしまうと、深海の中に引きずりこまれてしまったかのように、全身が重くなった錯覚に陥って動けなくなってしまう。

そのとき、寝室の扉をノックする音が聞こえた。まだ明るい時刻だ、使用人か何かだろう。そう思って扉のほうを見る。けれども、そこには想像とは違う人物が立っており、ダイアナは思考を制止したまま、口を少しだけ開いて固まってしまった。

「ダイアナ」

「レオパルト」

そこに立っていたのはダイアナの夫。いつもはきれいに身だしなみを整えて清潔にしているアッシュブロンドの髪は、少しばかり乱れていた。走ってきたのだろうか、呼吸は少々促迫している。

不機嫌にも見えるレオパルトはつかつかとダイアナのもとに近づいてくると、彼女の肩を勢いよく掴んだ。

「きゃっ……!!」

小さな悲鳴を上げる彼女を自分のほうに無理矢理振り向かせると、まくしたてるような口調で話し始める。

「グレイという神父を屋敷に招き入れたそうじゃないか？」

ダイアナには、彼の爽やかなアップルグリーンの瞳がまるで樹海のように深い緑に見えてしまう。剣呑《けんのん》な光がギラギラと宿っており、まるで獰猛《どうもう》な獅子《しし》のようだ。

「あの……」

レオパルトが怒っているのはわかる。だが、どうして腹を立てているのか皆目見当がつかない。

「どうして神父なんかを招きいれたんだ？　なぜ、私を呼ばない？　私には何も言ってこない？　私を頼ろうとはしない？」

鋭い口調でなじってくるレオパルトは自分の知っている彼とは別人のようで怖くて仕方がなくなり、ダイアナの身体はカタカタと震え始めた。

それから強い力で腕を掴まれると、清潔なリネンに包まれたベッドまで引きずられ、二年近く自分だけが使用していたベッドの上へ放り投げられた。スプリンクで跳ねた身体の上に、レオパルトが乗りかかってくると、ギシリと軋《きし》む音がする。

「君は男を知らなさすぎる」

無理矢理口づけられると、口中を獰猛《どうもう》な舌が蹂躙《じゅうりん》しはじめ、ひとしきり粘膜を犯し続けられた。久方ぶりに全身に言いようのない感覚が走り始める。

「あっ……んっ……やめっ……」

薄手のシュミーズドレスの上からでもわかる豊かな膨《ふく》らみに、レオパルトの大きな手が伸びる。衣類越しの柔肌に長い指が沈みこみ、その美しい形を何度も何度も変形させた。彼の唇が彼女の耳をねぶったあと、首筋から鎖骨にかけてなぞる。

「あっ、やぁっ……」

「ダイアナ、君は世間のことだって何も知らない。それを教えなかった私にも責任はある」

荒い息遣いの唇に、またもやダイアナの唇はふさがれた。舌を吸われると、淫《みだ》らな水音が立つ。

ドレスの裾にレオパルトの手が伸び、彼女の脚を大きく何度も撫ではじめた。ぞくぞくとした感覚が、ダイアナの背に走っては消える。

彼が求めてくるときはいつも情熱的だったし、内なる激しさを感じてはいたが、強引にことに及ばれたのは今まで一度もない。いつだってダイアナへの愛撫《あいぶ》は優しかったのに。

(この荒ぶる獣のような男の人は、いったい誰?)

恐怖と戸惑いで抵抗がうまくできない。

何度目だろう、唇をふさがれ、息ができない状態が続いたダイアナの頭はぼんやりしていた。そのまま彼の指がショーツのクロッチ部分にさしかかると同時に、レオパルトが何かを押し殺すように叫んだ。

「君は何もわかっていない!! 私がどれだけの想いで、君を――!!」

ダイアナの意識はハッとする。

(何もわかっていない? わかっていないのは、どっちだというの――?)

一気に頭が冴えたダイアナはぎゅっと眉根を寄せると、あらん限りの声を振り絞って叫んだ。

「レオ!! あなたのこれは暴力よ!!」

すると、レオパルトの動きがぴたりと制止する。

「ダイ、アナ……」

ダイアナの瞳からはポロポロと涙が零れた。

顔色をなくして呆然としているレオパルトの腕が緩んだ隙を逃さずに、ダイアナは彼の身体の下から飛び出すや否や、椅子にかけてあったスペンサージャケットを手に取ると、寝室の扉から外に向かって走りはじめた。

「ダイアナ!」

切迫したレオパルトの叫びを振り切って飛び出すと、外は雨が降っていた。シュミーズドレスに、スペンサージャケットだけの彼女の全身はびっしょりと雨水で濡れてしまう。

だが、雨とは別に濡れている場所があり、ダイアナは自身を恥じた。あんな強姦《ごうかん》まがいの状況だったのに、久しぶりに触れられた身体は敏感に反応してしまっていたのだ。

自己嫌悪に陥ったまま、彼女は雨に濡れながら石畳の上を走る。

出会ったころの優しい眼差しの彼。花のように愛でてくれる彼。壊れもののように慈しんでくれる彼。

ずっと、ダイアナの心の内を支配していた願いが首をもたげはじめた。

二年間、望んでいたこと。

(かつてのようにレオに愛されたかった。彼の瞳に自分だけを映してほしかったの)

今日のレオパルトにかつての優しさなど垣間見えなかった。それどころか、彼女を蔑《さげす》むような言葉さえあったように感じている。

(わたしの愛したレオパルト……あなたは――)

ダイアナが愛したはずの彼は偽りや空想だったのだろうか。

いや、獰猛《どうもう》な獣のようなあれこそが、彼の本性に違いない。

(かつてわたしを愛した夫はもういない……)

雨の中を全身ずぶぬれになったダイアナは、虚ろな瞳で行く当てもなく進む。

もともと蒸気に包まれがちな街並みだが、今は雲によって灰色がかって見えた。排水溝からは鼻をつくような泥や汚水のにおいが、雨の香りに交じりあう。

傘も差さずに飛び出した彼女の身体に容赦なく滴《しずく》がぶつかってくる。綿モスリンでできたアイボリー色のシュミーズドレスと、チョコレート色のスペンサージャケットが水を含んで重たくなっていった。衣類と同じように細い金の髪も濡れ、次第に重さを増していく。

(わたしは、こんなところで何をやっているのだろう……)

軒先には、広い襟ぐりで薄手の素材でできたドレスをまとい、色濃い化粧をした女性たちが、街に遊びに来ている農民や平民男性たちを誘っている。

彼らは夫婦ではなく、一夜限りの関係で終わるのだろう。だけれど、男女一緒に夜を過ごすはずの彼らがとても羨ましく感じた。

(夫がいるはずなのに、誰からも必要とされていないわたしなんて死んだほうがましね……)

かつての自分を愛してくれた夫は、今となっては幻想にすぎないのだと気づいてしまった。情婦の存在に気づいてさえいなければ、幸せに暮らせていたのかもしれない。

(所詮それは、もしもの話でしかない……)

いずれは情婦の存在に気づいて、結局は今のような状況へ陥った可能性もなきにしもあらずだ。

ダイアナの瞳からは幾筋もの滴《しずく》が流れ落ちる。それが、雨粒なのか涙なのかは定かではない。

「――ダイアナ!!」

降りしきる雨の中、ダイアナの背後からかすかに声が聞こえる。

彼女の身体はビクンと跳ねて、全身の筋が一気に強張り、鼓動が一気に高まっていく。

（まさか――!!）

そんなことを思いながら、彼女は振り返る。

「ダイアナ――!!」

路地の真ん中には、びしょ濡れになったレオパルトが立ち尽くしていた。

息を切らして走ってきたレオパルトに、ダイアナは目を見開く。

どのぐらい雨の中をさまよっていたのかはわからない。だが、ずぶ濡れになったレオパルトの様子から、だいぶ時間が経過しているだろう。雨水に濡れた白いワイシャツがたくましい身体に張りついている。

「捜したぞ、ダイアナ」

ぬかるみに足を取られ、ダイアナの身体は後ろに傾《かし》ぐ。倒れてしまうと思ったが、いつの間にかレオパルトの身体に抱き寄せられていた。

「こんな下町に、君のような貴婦人がひとりで来てはいけない。君がこの地域に足を運ぶときは、必ず父君が誰か供をつけていただろう？」

耳元に、レオパルトの熱い吐息がかかる。屋敷で怒りをぶつけられたときのような低い声音《こわね》ではなかった。びしょ濡れの身体に密着するレオパルトの体温が直接伝わってくる。

「さっきは強引な真似をして悪かった。君の言うように、暴力だと言われても仕方がない」

彼は彼女の濡れそぼった髪を梳きながら、切々と訴え始める。

「だけど、家に帰って話したいことがあるんだ。君にずっと言わないといけないと……だけど、言いづらくて話すのが遅くなったことがある」

とても真剣な声音《こわね》のレオパルトに対し、ダイアナはピクリと反応した。

（話したいこと？）

悪いほうに考える思考がついてしまっている。

ついに離縁を切り出されるのだろうか。彼のことを信用したくともできず、期待を裏切られるのも嫌だ。

「あと、君が呼び寄せたグレイという神父だが、あの男は――」

「話したいこととは、高級娼婦とあなたとの間柄のことですか？」

自身の声音《こわね》とは思えないほどに低い声が、ダイアナの口から発せられた。ついて出た言葉は、レオパルトの過去を糾弾するものでしかない。

「高級娼婦？　まさか、ダイアナ……気づいて……？」

レオパルトの声に緊張が走る。

（わたしに話せなかった事情は、やっぱり情婦のことなのね……）

ダイアナは叫びそうになるのを押し殺す。

「その……ソフィアのことは事情があって……君が思うような間柄ではないし、君の思うようなことは何もないんだ」

ダイアナの静かな怒りを感じたのか、レオパルトは静かに弁明をはじめる。

淡々と告げる彼を見ていると、心の中にどんどん澱《よどみ》がたまっていく。ソフィアというのは、あの神々しいほどの美貌を持った高級娼婦の名だろう。ふたりの間柄や何があったかなんて誰も聞いてやしないのに、いろいろと勝手に口走るなんて、自身で不実を証明しているようなものだ。

「君が思うような間柄や、君の思うようなことって、なんでしょうか？」

毅然《きぜん》とした表情を浮かべたダイアナに問いつめられ、レオパルトはたじろいで息を呑んだ。

ダイアナはまなじりを吊りあげて責め立てる。

「結婚したてのころ、あなたが娼館《しょうかん》の裏口から出てきたのを見たの。その日、あなたにどこに行っていたか尋ねたら、交渉先と取引に関する急ぎの話し合いをしてきただけだと……話し合いが、わざわざ娼館《しょうかん》で行われたとは到底思えない……!!」

ざあざあと降りやまない雨の中、傘も差さずに、ふたりは二年ぶりに対面していた。びしょ濡れになった身体は冷えるどころか、怒りでどんどん火照っていく。近くの建物の軒先にいる男女たちがじろじろと様子を見ていた。幸いなことに、石畳に打ちつける雨音が会話の内容をかき消している。

「それは……」

心当たりがあったのか、レオパルトは言葉を失ったようだった。

「あのとき以来、あなたの言葉をどう信じればいいのかわからなくなったの……」

レオパルトは一度手のひらで自身の濡れたシャツを掴んだあと、うつむいたダイアナに向かって必死な口調で訴えた。

「たしかに娼館《しょうかん》に出入りしたことがあった。だけど、それには理由があって……私が愛しているのは――」

「もう何も聞きたくありません!!」

ダイアナはレオパルトの言い訳を遮った。もしかしたら、『私が愛しているのは君だけだ』と告げるつもりだったのかもしれない。だけど、そんな言葉を聞いても信じられるかはわからなかったし、もしかしたら――

(レオが愛しているのはソフィアだと、本人から告げられるのが怖い……)

くるりと踵を返したダイアナは、路地裏に向かって駆けだした。男性の脚だとすぐに追いつかれてしまうかもしれないと必死に脚を動かす。込み入った細い道をわざわざ選んで駆ける。

それにもかかわらず、レオパルトはまるで路地裏を把握しているように後ろをついてきていた。

曇り空も手伝って、まるで夜のように裏通りは暗い。

逃げずに話し合えば、すべてが終わるかもしれない。それなのに彼からの言葉が怖くて、まだ終わらせたくなくて、必死に走った。追いすがるようなレオパルトの声が背後から聞こえる。

「ダイアナ、頼む、俺の話を聞いてくれ!」

心臓が破れて肺がつぶれそうだ。このままでは追いつかれてしまう。覚悟を決めたほうがいいかもしれないと、ダイアナがあきらめかけた、そのとき――

「…………っ!!」

突然陰から忍び寄った何者かに口をふさがれ、ダイアナの身体は暗闇の中に消えた。

ダイアナは息ができなくなって必死にその場でもがく。何が起きたのかわからず、恐怖が背筋を這いあがってきて、冷汗がどっと全身からあふれ出す。

「頼む、出てきてくれ。怖くて言えなかったことがあるんだ。お願いだから、ダイアナ」

遠くでレオパルトが自分を捜している声が聞こえたが、応える術《すべ》がない。

狼狽《ろうばい》する彼女の耳元に凛とした優しい声が届く。

「ダイアナ様、追われているのでしょう？」

聞き覚えのある声に、ダイアナの意識が清明になる。

(この声!!)

彼女の口を押さえていた手がそっと離れ、ダイアナの肺に一気に空気が取りこまれる。その場でゲホゲホと咳こんだ。

「申し訳ございません。強く抑えすぎました」

「げほっ……いいえ、助かりました」

呼吸を整えながら振り返った先にいたのは、黒い貫頭着に身を包んだチャコールグレイの髪の持ち主。先ほどまで、ダイアナとレオパルトの屋敷に来ていた青年。

「グレイ神父」

「行く当てがないのなら、修道院に身を寄せてみませんか？　夫の暴力から逃げる女性もたまに避難に来ますから」

「わたしが修道院にですか？」

「はい、そうです。しばらくの間、衣食住は教会が保証しますよ。ダイアナ様の身元は絶対に口外しませんから」

先ほどまでのレオパルトの様子が脳裏に浮かんできた。

彼が妻に隠しごとをしていたのは事実だ。

何が真実で何が嘘なのか判然としないまま、レオパルトと対峙するのは正直まだ怖かった。

(それに、レオの口から真実を聞くなんて、今は無理だわ……)

逃げてもなんの解決にもならないとわかってはいるつもりだ。

だけど、今レオパルトと対峙しても建設的な話し合いにはなりそうにない。

自分でも気づかないうちに身体が勝手にカタカタと震えていたようだった。小刻みに震える手を、もう片方の手で覆って、なんとか自身を沈める。

「グレイ神父、どうかお願いします」

「わかりました。では、行きましょう」

きゅっと両手を握り合わせると、行く当てのないダイアナはコクリとうなずいたのだった。

第三章　偽りの夫婦は真実に近づく

「んっ……」
白いベッドにうつぶせにされたダイアナの上に、レオパルトは覆いかぶさるようにして乗ってい
た。透けるように白い背に、彼は丁寧に口づけを落とす。桜色の唇から甘ったるい声が漏れ出ると、
同時に長い金の髪も揺れ動く。
時折、跡に残るほどにきつく肌を吸われると、ダイアナはしなやかに背を反らした。
「ダイアナ。君のすべてがきれいで愛おしい。私はこの指が特に好きなんだ。ピアノを弾く指が」
レオパルトは左手でダイアナの左手を取り、そのまま彼女の指の一本一本に口づけを落としてい
く。その間にも彼女の乳房を後ろ手に掴み、ゆっくりとその形を変形させた。
「あっ……あ……」
先端をいじられて指を口に食《は》まれたダイアナは、身体がピクンピクンと震えてしまう。
「ダイアナ……私という男に手を差し伸べてくれた君を、永遠に愛し続けると誓うよ」
レオパルトは、ダイアナの瞳と同じ色をしたサファイアが輝く婚約指輪に口づける。
社交の場で手を差し伸べてくれたのはレオパルトのほうなのに、とダイアナは思う。彼のたく
ましい胸板が彼女の背に触れる。熱を持ったふたりの身体は吸いつき合い、ダイアナの鼓動を早く

した。

小窓から陽が差し、ダイアナの白い頬を照らす。

「今のは、結婚当初の夢……？」

見知らぬ天井の下、眩しさで目を覚ました。知らぬ間に瞳から涙が流れ落ちて頬に跡を残している。瞳をこすりながら身体を起こしたあと、自身の姿に目をやる。いつの間にかコットン素材の寝巻に着替えさせられていた。

（グレイ神父が着替えさせたのではないわよね……？）

もう生娘《きむすめ》ではないとはいえ、レオパルト以外の男性に肌を見せることに抵抗がある。

（レオにすら、肌を見せていない状態に近いというのに……）

そこまで考えて、ダイアナは頭を振った。

グレイ神父に修道院へ連れてきてもらった以降の記憶が曖昧《あいまい》だ。

きょろきょろと周囲を見回す。ベッドがもう一台入るかどうかという大きさの部屋の中にいるようだ。壁にはところどころ染みや落書きの跡のようなものがあり、壁際には小さな机と椅子が置かれていた。整頓されて清潔感があり、机の上に飾られたラベンダーのポプリから、ふんわりと甘い香りが漂う。

ダイアナがひと通り室内を確認し終わったころ、扉がノックされた。

「ダイアナ様、目を覚まされましたか？」

「グレイ神父」

「ダイアナ様は、昨晩から今まで眠ってらっしゃったのですよ。着替えは私ではなく、ちゃんと別の女性が行いましたので、ご安心ください。」

グレイ神父の発言は、ダイアナの心の声を見透かしたかのようだった。ダイアナは、ほっとするのも束の間、不安を吐露する。

「わたし、着の身着のまま来てしまったので……この状態で実家に帰ったら、お父様が心配するでしょうし……かといって今、あまり屋敷には……」

レオパルトのもとから離れたい一心で部屋を飛び出してしまったせいで何も持っておらず、一文なしだ。とはいえ、屋敷には帰りたくはない。それに、実家に帰ったら何ごとかと思われるだろう。下手をしたら、有無を言わさず離縁になるかもしれない。

(あれだけ自分からレオのことを避けておきながら、離縁はしたくないと思っている)

互いを偽り続けたまま一緒にいても傷つけあうだけだ。

だからこそ、彼と自分のためにも別れるのが最善だと思うのに、彼への想いを断ち切れない。

どうしても神の奇跡のような何かが起きてくれたらと、一縷《いちる》の望みに期待してしまう。

矛盾するようなふたつの気持ちにはさまれて、胸が軋《きし》むように苦しかった。

(わたしは……どうしたいのだろう)

ダイアナは眉をひそめる。

そんな彼女の不安を解きほぐすかのように、グレイ神父が穏やかな口調で話しはじめた。

「ご安心ください。金銭等は不要ですよ。数日間だけでもここでお過ごしになって、今後のことをお決めになるのはいかがでしょうか？　もし気になるようでしたら、院のお手伝いをしていただければ助かります。ですが、ダイアナ様をご存じの信者の方も多いですから、無理にとは言いません」

無一文で修道院に滞在するというのは気が引けたが、何か手伝えるのならば少しは心の負担も減る。優しいグレイ神父のことだから、心が軽くなるように気を遣ってくれたのかもしれない。

「ありがとうございます。少しの間、ここで考えさせてください」

そのとき、ダイアナは、ふと気づく。

（グレイ神父もアップルグリーンの瞳をしている……）

異性を見てレオパルトとの共通点をついつい探してしまう自分は、なんて愚かな女だろう。

グレイ神父が部屋から立ち去るのを見送ったあと、ぼんやりと窓の外へ目を向ける。

気づけば、もう太陽は頂点に登っている。

（こんな時間までベッドの上にいたのね……さて、着替えたら気分転換に外に出ましょう）

そうしてグレイ神父に渡された白いブラウスと黒いスカートに着替えると、ダイアナは外に出た。

昨日の雨が嘘のように、今日は晴天だった。晴れ渡る空は澄み切っていて、ふさいでいた心をわずかばかり明るくしてくれる。少しだけ肌寒いが、太陽が南中にさしかかるころには暖かくなっているだろう。

教会区域の敷地内に落ちる枯れ葉をほうきで集める。赤や黄といった、色とりどりの葉が混ざり合っていき、秋の到来を感じさせた。葉を踏みしだくとパキッと音が鳴り、時折風が吹いて、土の香りを運んでくる。

(教会の掃除をしていると落ち着いてくるわ)

教会を包む静謐《せいひつ》な空気だけでなく、昔からなじみのある司教や司祭、修道女たちから笑顔を向けられると、段々と心が落ち着いてくる。

(結婚前から教会がわたしにとっての癒しの場所だった……)

ダイアナは気高い父親の教えのもと、慈善事業のためによく教会に足を運んでいた。今ほど神に傾倒はしていなかったが、もとから敬虔《けいけん》な信者だった。誰かの手伝いをすることで、人の役に立てている感覚があったのもたしか。

(昔もよくこうやって掃除を……)

そのとき、脳裏に何かがよぎる。

『おきれいなお嬢様……俺に触ったら、あんたまで汚れちまうぞ』

教会の前の通りで拾った、ぼろぼろの外套《がいとう》に身を包んだ老人。追剥《おいはぎ》にでもあったのか、顔が腫れあがっていたので正確な年齢はわからなかったが、しゃがれた声をしていたので年配だろうと判断した。教会の中まで連れていこうと手を繋いで歩いたが、途中で彼は動けなくなり、司祭たちを呼んで騒動になったのだ。

「今は、わたしがあの老人のように拾ってもらってる」

因果はめぐるものだと、なんとなく思った。

老人を拾った通りへとダイアナは視線を移す。

「……え」

なんとなく見覚えのある、だけど、あまり思い出したくはない人物が視界に入ったように感じた。

心臓の音が段々とうるさくなっていく。見るだけで動悸がして、息がしづらい感覚に陥る。気のせいだと思いたかったが、まざまざとかつての記憶がよみがえってくる。それぐらい強烈な印象をダイアナの中に残した人物。

その場から逃げようと思ったときにはすでに遅く、相手がこちらに気がついてしまっていた。

「あなた……‼」

喜色を孕んだ声音《こわね》で人物は近づいてくる。

「レオの奥様の、ダイアナ様？」

レオパルトの名を親し気に呼ぶ、ダイアナよりも明るいプラチナブロンドの髪を持った女性。

（この女性は、二年前にレオと抱き合っていた……名前はたしか──）

──ソフィア。

ダイアナは何かに縫いつけられたかのように、その場で動けなくなった。

残り数歩というところで、ふたりは対面を果たす。

「レオからあなたの話をよくうかがっていました。こんにちは、ダイアナ様」

天上の女神のような大層見目麗しい彼女は、ダイアナのことを見知っている様子だった。そうして、一歳ぐらいの少年を大事そうに抱きかかえている。

少年はといえば、ソフィアと同じプラチナブロンドの髪に、レオパルトと同じアップルグリーンの瞳をしていた。愛らしい微笑みを浮かべる少年は、どことなくレオパルトのことを想起させた。

（まさか、この男の子は、この女性とレオの……？）

ダイアナはその場に立ち尽くす。

（レオとソフィアさんの間には子どもまでいたの……？）

あまりの衝撃で、一縷《いちる》の期待はどこかに吹き飛んでしまった。

自分に対して愛をささやく裏で、男女が愛し合わないと産まれない子まで成していたなんて……怒りや悲しさを通り越して、色んな感情がないまぜになって、頭の中がぐちゃぐちゃに混乱してしまう。せっかく教会に来て、少しばかり気持ちが上向いていたというのに、なんだかすごく息苦しい。海か沼かに沈められたような気さえする。悪い想像しかふくらまなかった。

「ダイアナ様……？」

レオパルトの愛を一心に受けたからこそ、子どもを成せたのだろうか。

いまだ子を成せていない自分は、彼から愛をもらえなかったから、子どもができなかったのだろうか。

ソフィアのことが羨ましくて妬ましくて、だけど、そんなことを思う自分が苦しい。

何よりも、ダイアナは自身の本音に気づいてしまう。

（わたしは……）

色んな言い訳を自分にしてきたが、結局は『君だけを愛している』と言葉だけじゃなくて、レオパルトからの誠意や愛情が欲しかったのだ。彼から一心に愛されたかったのだ。

けれど、自分ではそれを手にすることができない。

（苦しい……）

苦しくてたまらない。

レオパルトからの愛を受けた女性が自分以外にいるなんて――

そんな相手のことをダイアナは直視したくなかった。直視すれば、自分がレオパルトに愛されていないことを認めないといけない。

（苦しい……）

ソフィアは抱えていた子どもを地面に下ろした。

「レオの奥様なら、ダイアナ様は私にとっても――」

その場から動けないでいたダイアナだったが、なんとか足に力を込める。何か言いかけたソフィアと子どもの横をすり抜け、通りに向かって駆け出した。

ある程度走り、人混みに紛れたあと、ダイアナは再び裏通りに辿り着いていた。今日も街は靄《もや》に包まれ、灰色に淀んでいる。

レオパルトからは危険だと言われていた場所だったが、もうどうでもよかった。ふらふらとした足取りで黒い路地裏を進む。汚水のにおいが鼻をつき、煤《すす》けた野良猫やネズミが足元を横切る。普段なら怯えていそうなものだが、ダイアナのサファイアブルーの瞳は虚ろだ。

（昨日から逃げ出してばかりね、わたしは。……まさか、浮気相手との間に子どもまでいたなん

て……もう離縁しかないのね)

ダイアナの目からは涙があふれて止まらない。

(結局、使用人たちの言う通り、わたしはレオにとって妻にするのに都合のいい存在だったんだわ……)

そう思うと、ますます惨めな気持ちになった。

「こんなところに、若い別嬪《べっぴん》さんが歩いてるじゃないか? なんだい、情夫に振られでもしたのかい?」

酒のにおいを漂わせた髭面《ひげづら》の男が、よろよろとした足取りで近づいてきたかと思うと、ダイアナの細腕を掴む。

「痛い……離してください……!!」

そう言って離してくれる相手などいるはずもない。ふらついてはいるものの力が強くて、ダイアナは男の手を振り払えなかった。挙句酒臭い息を吐きかけられ、あまりの気持ち悪さに総毛立つ。

酔っぱらいの顔が、眼前に接近してくる。

「いやっ……!!」

ダイアナは思わず目をつぶった。

「どうだい、姉ちゃん? 暇なら俺の——ぐっ……」

突然うめき声を上げたかと思えば、酔っぱらいの手がダイアナを解放する。

(何——?)

おそるおそる目を開けると、そこには、男の腕をねじり上げている美青年の姿があった。

「えっ、レオ……？」

レオパルトの登場にダイアナは目を見開く。

「私のダイアナに、気安く触れないでもらおうか」

すると、酔っぱらいが喚きはじめた。

「なんだお前は、どこの坊ちゃんだ！　あ……！」

レオパルトの顔を見るなり顔色が真っ青になった男は、その場から一目散に走り去っていった。

パタパタと地面を駆ける音が遠のき、路地裏は静寂を取り戻す。

「ダイアナ、よかった、君に何もなくて」

ダイアナはいつの間にかレオパルトに抱きしめられていた。その腕の力はとても強く、声も震えており、ダイアナのことを心底案じているようだ。

（レオ、身体が震えている。本当にわたしのことを心配してくれているの……？）

演技とは到底思えないほどに熱く抱擁され、ダイアナの心は千々《ちぢ》に乱れた。

胸が高鳴る。だけど、隠し子がいるかもしれないという事実を思い出すと、焦燥で胸が焦がれてしまいそうだ。

レオパルトの力が少しだけ緩んだかと思うと、ダイアナの髪を優しく撫ではじめた。そうして、彼の整った顔が彼女の顔に近づいてくる。

「あっ……んっ……は……」

レオパルトは貪るようにダイアナの唇を求めた。角度を変えて、何度も何度も唇を食《は》んだ。彼女の唇を上下に割り、そのまま口中に侵入する。舌が内側の粘膜を這う。上向かされた舌も彼の唇に吸い上げられ、くちゅりと音が立つ。

「あ……んっ……ん……」

彼の大きな手が、ブラウス越しに彼女の背を撫でる。もう片方の手も、スカート越しに腰から太ももにかけて大きくまさぐった。

あまりの激しさに息が上がってきたダイアナの唇を、なおもレオパルトはふさぐ。吐息さえも自身のものにするかのように深く深く重ねられた。

どれぐらいの時間、そうしていただろうか。お互いの体温が上がるほど長い時間、唇を求めたあと、ふたりは見つめ合う。

（レオ……）

激しく求められたが、昨日のような強引な荒々しさはなかった。ダイアナは胸中で、かつてのレオパルトの優しさを想起する。

熱の上がりきった彼女を抱きしめたまま、彼は語りはじめる。

「ダイアナ……私は……いや、俺はずっと自分を取り繕って、君との対話を避けてきた」

「……っ！」

普段「私」としか言わないレオパルトが、自身のことを「俺」と呼んだ。そんな些細なことだったが、ダイアナの熱を冷ますのには十分だった。

（ああ、わたしは本当に、この人のことを何も知らない。愛されたいとばかり願って、相手のことを知ろうとしていなかったのかも）

近くにいるはずなのに、すごく遠い存在。互いに偽り続けて、本当の自分をさらけ出すことができていないと、ダイアナがショックを受けていることに気づかずに、レオパルトは続ける。

「だけど、どうかお願いだ。一度本当の自分で、君と話し合いたいんだ」

（こんな自分のことしか見えていないわたしなんて、レオとは釣り合わない。レオにふさわしいのは、わたしよりも……）

「俺に君とやり直す機会を与えてほしい。俺は君のことを――」

ダイアナはレオパルトの胸板を両手で押して、彼の腕の中から逃れてあとずさった。

（もともと住む世界が違うと思っていた。けれど、結婚したら同じような人間になれると勘違いしていたわ。だけど、そうじゃない。わたしでは彼の本質的なことを理解できない）

「ダイアナ？」

その視線から逃れるようにして、ダイアナはうつむく。

住む世界が違うのは、決して身分の差だけのせいではない。

幼少期から経験してきたものが違うのだ。考え方や価値観、環境。ものの見方が違っていて、同じ方向を見ているようで見ていない。そんなズレや軋轢《あつれき》がどんどん積み重なっていって、どす黒い感情に支配されてしまう。

（レオのことが好き。だけど……）

あまりの苦しさに胸がふさいで、呼吸がしづらい。彼のことが好きで好きで仕方がないのに、近くにいればいるほど相手が見えず、もう自分からすべてを破壊してしまいたい衝動に駆られてしまう。

（一緒にいても、見ず知らずのソフィアさんと自分を比べて、どんどん惨めな気持ちになって、自分では目にしたくないような感情に押しつぶされてしまいそう。それならいっそ……）

ダイアナはぽつりと口にする。

「離縁してほしいの、レオ……」

思わず零れ出た言葉。離れたらきっと楽になれる。解放されたいと、そうしたほうがお互いにとって最善だと感じてしまうのだ。

「な……!!」

レオパルトは絶句した。そのまましばらくわなないていたが、大きな声で抗議する。

「どうしてだ、ダイアナ？　ソフィアの件なら誤解だ……!!　俺は彼女を女性としては見ていない!!　俺が愛しているのは――」

「あなたが嘘をついて以来、ずっと苦しかったの……わたしの何がダメだったんだろう、どうしていたら、あなたに愛してもらえたんだろうって」

ダイアナはレオパルトの言葉を遮って静かに告げる。

「ダイアナ、君にまったく非はないし、その考えも杞憂《きゆう》でしかない。あのときとっさに嘘をついてしまったけれど、それは君に心配をかけたくなくて。俺が内々にすべてを終わらせようとしたから……」

レオパルトの言うことが真実ならば、彼はソフィアを愛してはおらず、手を出した結果、子どもができてしまった。それを知られたくなくて、金か何かを彼女に渡して秘密裏に解決しようとした、ということになる。

（そんなの、生まれてきた子どもがかわいそうだわ）

早くに母親を亡くし、父親の手で育てられたダイアナだからこそ、両親がそろっていたほうが子どもも幸せなのではないかと思う。

「レオ――いえ、レオパルトさん。わたしはもういろいろなことに疲れたんです。離縁してください。そうして、どうか今度は本当に愛する女性と結婚して、幸せな家庭を築いてください」

「待ってくれ、ダイアナ……!!」

背を向けた彼女の背にレオパルトが手を伸ばしたが、間にさっと何者かが割って入った。

「レオ、ダイアナ様は嫌がっておられる」

「な――」

「えっ!?」

ふたりの間に立つ人物、それは――グレイ神父だった。彼はダイアナをかばうようにして、レオパルトと対峙していた。

ダイアナは戸惑いを隠せない。

（グレイ神父、教会から迎えに来たの？）

自身がかくまった人間が敷地内からいなくなったため、捜しにきたのかもしれない。

「グレイ!! 俺のことを憎むのは勝手だが、ダイアナに近づくのはやめろ!!」

グレイ神父を見て、レオパルトが吠えるように叫んだ。

(ふたりは知り合いなの? グレイ神父がレオを憎む?)

予想もしない展開に困惑するダイアナは、ふたりのやりとりをただ黙って見ていることしかできない。本当にわたしは何も知らない、と虚しさも胸に去来してくる。

どちらかと言えば穏やかな草食動物のようなグレイ神父と、獰猛《どうもう》な肉食動物のようなレオパルト。ふたりの顔立ちは似てはいないし、髪色もまったく違う。だが、ふたりとも同じアップルグリーンの瞳をしていて、ダイアナはどことなく引っかかりを覚える。

(全然似ていないのに、なんだろう? なんとなく似ている気もする)

最初にグレイ神父を見たときに穏やかな気持ちになったのは、彼の柔和な顔立ちではなく、レオパルトとどことなく似た雰囲気を感じたからだろうか。

「レオ、お前は何か勘違いしている」

やれやれといった調子でグレイ神父は首を横に振った。

ダイアナからは彼の表情を見ることができない。だがグレイ神父から、レオパルトに対する嫌悪感のようなものは感じられなかった。むしろ敵意を抱いているのはレオパルトのほうだ。

グレイ神父は続けた。

「レオとは違って、器量のよくない自分を責めたことはある。もう少し僕に社交性があれば、お前のようにみんなを虜にする魅力や話術があれば、老若男女問わずに人たらしの力があれば、とな。自分とお前を比べて何度も卑屈になった。時々憎らしいとさえ思ったよ」

「グレイ、お前は――」

「だが、ソフィアの件に関しては、むしろ感謝しているくらいだ。お前が大金をはたいてくれたおかげで、ソフィアは娼婦を辞めることができた。僕では、彼女を買い取ることは不可能だったから」

グレイ神父の口からあの娼婦の話が出てくる。どうやらグレイ神父とソフィアさんも顔見知りのようだ。知人どころか、むしろ親し気な仲のようにさえ聞こえる。

さらに、レオパルトが彼女を引き取っていたことを揶揄《やゆ》していた。つまり結婚したあとに、レオパルトはこっそり大金を支払っていたことになる。浮気以前にあまりいいこととはいえなかった。

ダイアナはレオパルトに視線を移すと、彼は苦虫を噛み潰したような表情を浮かべていた。

レオパルトがダイアナに声をかける。

「グレイと俺は、旧知の間柄なんだ。その……ソフィアも。彼女が娼婦になる前から……」

言い訳をするかのように言い淀むレオパルトに、ダイアナは困惑する。

「どうして平民のあなたが、貧民街出身の娼婦になる女性と知り合いなの？」

「それは……」

夫婦の会話に、グレイ神父が割り込む。

「旧知、か。レオ、お前はやはりダイアナ様には、自身の出自を告げていないようだな」

「仕方ないだろう‼　言えば、俺との結婚を承諾するはずがない！」

グレイ神父の言い草にレオパルトが噛みついた。その端整な顔立ちが歪《ゆが》む。

（レオの出自……？　わたしが結婚を承諾しないような？）

ダイアナはレオパルトの出自も気になったが、それよりも何よりも、本当に自分は何も知らずに結婚したのだと、昨日から思い知らされてばかりだと感じる。

そんな彼女の心を知ってか知らずか、グレイ神父は続けた。

「ソフィアの面倒は今は僕が見ている。レオ、僕はお前があの子の父親だったとしても、それでもかまわないと思っているんだ。かたくなにならずに、彼女と子どもに会いに来い」

「グレイ‼　ややこしい言い回しをするな‼　どうしてダイアナが誤解するような言い方をするんだ⁉　お前は昔からそうだ、人を――」

「頭を冷やせ、レオ。話し合いはそれからにしろ。さあ、行きましょう、ダイアナ様」

グレイ神父は反発するレオパルトをぴしゃりと跳ねのけた。

「待ってくれ‼　ダイアナ‼　出自も真実も全部話すから。だから行かないでくれ――‼」

レオパルトがダイアナに向かって吼える。

愛する男性に引き止められて、後ろ髪を引かれるような思いだった。このまま振り返って相手の胸に飛びこめたのなら、どれだけ楽だろうか。

（だけど、まだ相手の言葉を冷静には聞けない。このままだと同じことの繰り返しになってしまう。わたしたちが再会するには早すぎたのよ）

震える身体を落ち着かせるためにも、拳をぎゅっと強く握りしめた。

悲痛な決意を固める。

「ごめんなさい、レオパルト」

ダイアナは首を横に振ると、グレイ神父の背を追う。

レオパルトの悲壮な声は遠ざかっていった。

「グレイ神父とレオは、知り合いだったのですね……」

「ええ、そうです」

至極穏やかな返答がグレイ神父から返ってきた。だが、それ以上は意図的に黙しているのか、レオパルトについて口にすることはなお。そうして、ソフィアのことも。

(彼らの話を聞く限り、グレイ神父のもとにソフィアさんは身を寄せているのよね。だとしたら、このまま教会に戻れば彼女もいるんじゃ……?)

身の置きどころがない落ち着かなさがダイアナを支配していく。

(レオのもとにはもう戻れない。実家には、レオが離縁に承諾してから相談しないと、わたしを心配したお父様が何をするかわからないわ。でも……)

考えこむダイアナだったが、突然背後から声がかかった。

「ああ……!!　やっと追いついた!!」

周囲には自分とグレイ神父以外に人はおらず、自分たちに声をかけているのは間違いない。

美しいカナリアのような女性の声になんとなく聞き覚えがあると、ダイアナの身体はぴくりと震えた。

（まさか……）

心臓が早鐘を打つ。声の主のほうをゆっくりと振り返った。

「グレイ、ダイアナ様、レオとの一部始終を見ておりました。盗み見てしまい、申し訳ございません」

（ああ、やっぱり）

ダイアナに絶望感が去来する。プラチナブロンドの髪に、類まれなる美しさに恵まれた女性。

（レオの情婦、ソフィア……）

自分とはかけ離れたしとやかな美貌に、ダイアナの胸がざわつく。

「ソフィア、どこから見ていたんだい？」

グレイ神父が親しげに声をかけた。

「途中からよ。グレイもレオも、子どものころから何も変わっていないわね……」

「ダイアナ様は僕たちが顔見知りだったと知らなかったようなんだ」

「それは聞いていてわかったわ。レオは大事なことをダイアナ様に話していないのね……」

大事なこととは、子どものことだろうか？

「レオや私どもに関してお話がございます。聞いてくださいますか、ダイアナ様？」

ソフィアはダイアナのほうを向くと、蕩けるような笑みを浮かべた。

ダイアナの胸は不安でいっぱいになってしまった。レオパルトが目の前の彼女と密通し、隠し子まで作っていた可能性があるのだから。そんな夫の浮気相手の話など、聞きたくなかった。

現実から目をそらして何も知らないままでいたほうが幸せかもしれない。

しかし、現実は重く自分自身に圧し掛かってこようとしている。知れば、純粋で幸せだったころの自分には後戻りができないかもしれない。

(レオパルトがわたしのことを愛していないと知るのが怖い……)

逃げるなんて格好悪いと思われるかもしれないが、そう考えれば身が竦む。

ひとりでに身体がカタカタと震えはじめた。

「あ……」

ダイアナが気づいたときには、ソフィアが手の届く位置まで移動してきていた。

(気配が全然なかった……いいえ、わたしが考えこみすぎて気づかなかったんだわ)

身構えるダイアナの顔を、ソフィアが不躾《ぶしつけ》に覗きこんでくる。

「女性だったとしても、見知らぬ人にじろじろと見られるのは苦手です」

彼女から視線をそらしながらダイアナは告げた。なるべく平静に努めようとしたが、どうしても嫌悪感のようなものが表情に滲んでいる可能性は否めない。

「ごめんなさい……結婚式のときに比べたら、だいぶやつれているので、心配になってしまって」

ソフィアがそんなことを言うので、ダイアナは瞠目《どうもく》する。

子どもの父親とほかの女性の結婚式を覗きに来ていたという事実もそうだが、それよりもソフィアが純粋に自分のことを心配している様子だったから。

好きな男の妻に対しても優しさを見せる彼女に対し、ダイアナは敗北にも似た気持ちを覚えて苦しくなった。伏し目がちのままダイアナは口を開く。

「わたしは……あなたの話を聞けるような状態じゃありません」

すると、寂しそうにソフィアは微笑んだ。

「ダイアナ様に話したいことがいっぱいあります。だけど、今は難し――」

ソフィアが口を開きかけたとき、一歳ぐらいの少年がよたよたと彼女のほうに走り寄ってきた。

「マ、ママ……ママ……!!」

レオパルトと同じ色の瞳を持つ少年を見て、ダイアナの心がざわついてしまう。

「ヨハン!! なんだい、ママが恋しくなったってのかい? やっぱり、あんたは可愛いねぇ!!」

ダイアナは思わずソフィアへと視線を移す。

(ソフィアさんの話し方に違和感があるわ。まるで下町の女性のような……?)

先ほどまでの流麗な口調からは、かなりかけ離れた話し方に戸惑いを深める。

それまでやり取りを静観していたグレイ神父が、穏やかな調子でソフィアに声をかけた。

「ソフィア、口調が戻っていて、ダイアナ様が戸惑っておいでだよ」

「おっと、しまった。ついつい興奮しちまったね」

ヨハンという名の少年をグレイ神父に預けると、ソフィアはダイアナのほうを向いた。

「もともとこういう喋りでさ。ああ、ごめんなさい。子どもの前だから言えないが、イメージに合ってないって娼館《しょうかん》の主人に言われて、話し方を矯正されたんですよね」

見る者すべてを魅了するような笑顔を浮かべ、ソフィアは告げる。

その変わり身の早さに、ダイアナはある種の感銘を受けた。

（でも、わたしをだますための演技かもしれない。夫と浮気をするような女性の言うことなんて……）

ダイアナはもう何を信じていいのかわからなかった。

そんな彼女に、ソフィアが声をかける。

「少しだけ時間をいただけませんか？　ダイアナ様」

「え？」

「本当はいろいろ伝えたいけど……グレイから聞きました。ダイアナ様はしばらく修道院にいらっしゃるのでしょう？　私は敷地内にある孤児院に手伝いに来ています。どうか、しばらく一緒に過ごしてみて、いろいろなことをご自身の目で判断なさっていただけませんか？」

彼女の提案に、ダイアナのざわつきは強くなる。

「自分の、目で――？」

ソフィアの言葉は鋭いナイフのようにダイアナの心を抉《えぐ》った。その言葉がひどく重たく感じる。

レオパルトと離れた状態なのに、どうやって、何を確かめればよいというのだろうか。

（正直、彼女の言葉なんて受け入れたくない。けれど……）

この二年間、自身が避けてきたことに直面したようにダイアナは感じた。

レオパルトのことを避け、本当の問題から目を背け、互いを偽ってきた二年間。周囲の意見や言葉に流されたり、そうかと思えば頑なに意見を取り入れなかった。

そもそも、肝心のレオパルトと話し合うこともしなかった。何かあれば逃げ出してしまっていた。大切な人に裏切られたという思いで心を閉ざしてしまっていたのだ。

(それに……偏見はよくないと、あれだけ神やお父様に教わっていたのに。昔のわたしなら娼婦だから、物乞いだからと、誰かを差別するようなことはしなかったのに……)

レオパルトが浮気をしたという思いに囚われすぎて、娼婦の、自分よりも不実な存在の言うことだと、知らず知らずのうちに相手を下に見るような考えに陥ってしまっていた。傷つくのが怖くて、夫の浮気相手の中に自分よりも下に見れる何かを探していたのかもしれない。

まだ気持ちはぐちゃぐちゃだったが、自分の愚かさをダイアナは呪った。しかし、自分の心を守るのに必死だったのも事実。

(ちゃんと相手のことを、わたしの目で確かめる……)

噂や想像に振り回されるのではなく、相手がどんな考え方や思想を持っているのか、自分自身でしっかりと接して相手のことを判断する。

だんだん、ダイアナは冷静さを取り戻していった。

「肝心なことは、レオが伝えたほうがいいかもしれない。それに、この子――ヨハンは、たしかにレオとも血の繋がりがあります。だけれど、ダイアナ様が思っているようなものではありません。私が言っても信用してもらえなさそうですけど」

(やっぱり、レオと少年には血の繋がりはあるのね)

ソフィアの言葉を聞いたダイアナは伏し目がちのままグレイ神父におずおずと問いかけた。

「あの、お尋ねしたいのですが、グレイ神父とレオとソフィアさんは、ずっと前からの知り合いなんですか？」

「ええ、もう小さいころからの知り合いですよ。いわゆる幼馴染というヤツですね」

「その、三人はこの辺りに住んでいたのでしょうか？　グレイ神父もソフィアさんも、平民の出身なんですか？」

ソフィアは娼婦だから、貧民街の出身だろうと勝手に思いこんでいた節がある。

「ああ、その件についてですが、ソフィアから口止めされていましてね」

「え？　口止めですか？」

そんなこと、本人を前にして言っていいものだろうか？

すると、ソフィアがカラカラと笑った。

「グレイは馬鹿正直な男だろう？　ずっと昔からそうなんだよ」

「馬鹿正直だなんて、失礼だな、ソフィア」

「だって、そうだろう？　この間も思ったことを、何も考えずにレオに向かって話してなかったかい？」

「う～～ん、そうだったかな？」

ダイアナを忘れてしまったかのように、ふたりはやり取りを続ける。

そうして、グレイを見ながらソフィアがぽつりとつぶやく。

「本当に昔からしょうがない人だ。あたしがいないとダメなんだから」

見る者すべてを幸せにしそうなソフィアの笑顔が、ダイアナの心に響いた。

(あ……女性が男性に、こんなに幸せそうな笑顔を向けるのは――)

そうして改めて、グレイ神父の瞳の色を見る。レオパルトと同じアップルグリーンの瞳。

(もしかして、わたしは相当な思い違いをしていた？)

娼婦だから、ほかの男性にも同じような笑みを向けているのかもしれないと、自身の考えを否定しようとした。だけどソフィアがグレイを見るその瞳の柔らかさは、一度でも異性を好きになったらわかる。

(ソフィアさんはグレイ神父のことが好きなんだわ！)

自分にとって、とても都合のいい考えかもしれない。だから――

(もう少しだけ、ちゃんと自分の目で見て確かめてみよう)

そう、ダイアナに考えさせるには十分なほど、グレイ神父に向けるソフィアの笑顔は幸せそうに見えたのだった。

第四章　教会での再会

あれから数日間、ダイアナは教会の手伝いをしながら周囲を観察した。

恵まれない子どもや家族を失った者、行き場のない老人。さまざまな人たちと心を通わせる中で心は澄んできていた。本来の自分を取り戻しつつあるようで、これまでの視野がいかに狭まっていたか、まざまざと思い知らされた。

夜の帳が訪れるころ、ダイアナは聖堂に備えつけられているオルガンを演奏していた。あまり遅い時間にならなければ使用してもいいと許可を得ている。ここは数年前に、レオパルトとダイアナが結婚式を挙げた場所だった。

(だんだんと自分を取り戻してきたような気がする)

そうして、ダイアナはひとつの確信を持っていた。

(やっぱり、間違いない。ソフィアさんの想い人はグレイ神父だわ)

ソフィアが真に愛しているのはグレイ神父だろう。彼に向ける彼女の眼差しは柔らかく、慈愛に満ちたもので、自分がレオパルトに向けるものと近しいと感じた。教会で過ごす間、子どものヨハンと三人で幸せそうにしている姿をいくどとなく目撃したのだ。

ソフィアと一緒にいると、グレイ神父も普段の硬い印象が一気に和らぐ。どうやらふたりは相思相愛のようだ。

あれだけダイアナを警戒させていたソフィアだったが、自分から積極的にダイアナの世話を焼きたがった。見た目の繊細さとは裏腹に率直な喋り方を好んでおり、裏表のようなものも感じない。

けれど、ダイアナの胸の中はまだもやもやしていた。

(だったら、レオがふたりに横恋慕していたということ？　ヨハンくんの本当の父親は？　レオが大金をはたいてソフィアさんを引き取ったのは事実のようだし。グレイ神父も、レオに子どもの父親の可能性があることを示唆するような発言をしていたし……)

オルガンの重厚な音色が、ひとりしかいない聖堂に響き渡る。いよいよ演奏も終盤というとき、荘厳な扉が開き、夜のひんやりとした冷気が届く。

(誰？)

少し華やかな香りがダイアナの鼻腔をついた。

「あ……」

扉の前に立っていたのは――

「ダイアナ」

アッシュブロンドの髪に、アップルグリーンの瞳をした青年――ダイアナの夫であるレオパルト、その人だったのだ。

「レオ……」

「ダイアナ!!」

レオパルトはダイアナを見るなり駆け寄ってきた。そうして気づけば、彼女はレオパルトのたくましい腕の中に包まれていた。

「レオ、いいえ、レオパルトさん……どうして……？」

木の椅子に座ったままのダイアナは、か細い声で問いかける。

レオパルトは端整な顔立ちを歪《ゆが》ませながら、ダイアナに頬を寄せる。そのまま腕が痛くなるくらい強く彼女を抱きしめた。

「よかった。君が無事で……！　グレイとソフィアから、君の様子がおかしいと連絡があったんだ」

いつもは明るく溌剌《はつらつ》としたレオパルトの声はやや切迫してると同時に、安堵《あんど》した様子もあった。

「わたしの様子が……？」

「ああ、ひどく思いつめた感じだと聞いたんだ。君が私に会うのを嫌がっているようだったから、本当はここに来るつもりはなかったんだが、グレイとソフィアが大仰だったものだから」

レオパルトはダイアナのことを本当に心配していたのだろう。その額には玉のような汗が浮いている。

(グレイ神父もソフィアさんも元気になったって言ってくれるのに……どうして、レオパルトに様子がおかしいだなんて……レオがこんなに必死に走ってくるなんて、よっぽどな言い回しをしない限りは……)

そこでダイアナは、ハッとする。

（もしかして、わたしとレオが話し合う機会を作ろうと、グレイ神父とソフィアさんがわたしの様子がおかしいと嘘をついたの？）

そうだとすれば、レオパルトの異常な焦り具合も理解できるというものだ。

抱きしめてくる彼の背に腕を回しかけたダイアナだったが、途中でぴたりと静止した。

迷いが生じたのだ。

（今までレオのことをずっと拒否してきたわたしに、彼を抱きしめ返す権利はあるの？）

路地裏で抱きしめられたときのように、レオパルトの胸板をそっと突き返す。

「ダイアナ」

レオパルトは悲し気な表情を浮かべていた。

そんな相手の表情を見て、ダイアナはハッとする。

（違う。わたしは、また自分の気持ちを抑えつけて、相手の話も聞かずに逃げようとした。だけど、そうじゃない。今度こそちゃんと、レオと話し合わないといけない）

レオパルトとの出会いと新婚当初までの幸せな思い出がダイアナの胸によみがえる。

女性たちの憧れの的だったレオパルト。

舞踏会で、壁際にいたわたしに声をかけてくれた優しいレオ。本当は誰かと喋るのが苦手だと話してくれたレオ。毎日のように手紙や花を贈ってきては、情熱的な言葉をかけてくれたレオ。

婚約指輪とともに、最高のプロポーズを贈ってくれた。みんなと神に祝福された、教会での結婚式。

そうして、初めて彼と結ばれたときの心身ともに感じた悦《よろこ》び。

（そう、いつでもわたしは彼の愛を受け取るだけだった。彼のことを知ろうとはしていなかった）

レオパルトのことを何ひとつ知らないまま、何が妻だというのか？

互いを偽り続けて、真実の姿をさらけ出すことを恐れてしまっていた。結婚はしたものの、夫婦にすらなれていなかったのかもしれない。

それに、もしかしたらレオパルトの胸の内にはソフィアがいたのかもしれない。

（だけど……これまでのレオの言動のすべてが、嘘だったはずはない。彼を愛し、彼に愛されたと感じた。それらすべてが嘘だったなんて、そんなことは絶対にあり得ない）

もちろん嘘もあったのかもしれない。

しかし、どんなにだますつもりで近づいたからといって、かけてくれた言葉すべてが偽りだなんて、役者でも無理だろう。本心からの言葉だってあったに違いない。

（わたしがレオを信じられなくなったのは、わたし自身の問題。レオがわたしに何も言わなかったことに第三者は関係ない。全部夫婦ふたりの問題でしかなかったのに）

情婦と思しき女性を逃げる口実にしたのだ。相手を許すか許さないか、選択するだけでもよかったのに、それを考えることさえ放棄した。

ダイアナは、教会で過ごした数日間で自身を省みて冷静さを取り戻していた。

彼女は一度大きく息を吸いこんで、きゅっと唇を引き結んだあと、ゆっくりと言葉を紡いだ。

「レオ、また、あなたにひどい態度を取ってしまったわ。今度こそ、ちゃんとあなたと話し合いたい。今まで自分がいかに愛されるか、そのことばかりに囚われて、わたしはあなたのことを知ろうとさえしなかった」

（そう、わたしには彼を愛する覚悟がなかっただけ）

彼女の瞳のサファイアブルーは、以前の仄暗《ほのぐら》い水底のようなものではなく、澄んだ空のように明るさを取り戻している。

「レオ、あなたの胸の内にほかの女性がいたとしても、もう今更かもしれないけれど、わたしはあなたとちゃんと向き合いたい」

ダイアナからレオパルトに一度離縁を申しこんでいる。彼はその身勝手な行動に辟易《へきえき》しているかもしれない。

（レオが夫婦関係を続けたくないのなら、自業自得だから受け入れるけれど、ちゃんと自分の本心を伝えてからにしたい）

ダイアナは初めてレオパルトに真正面から対峙したように思った。ちゃんと自身の気持ちを伝えてしまえば、彼を失ってしまうかもしれない不安もある。だが、それ以上に清々しい気持ちだった。

「ダイアナ……」

ダイアナの本心を聞いたレオパルトの声は震えていた。

「ダイアナ……私は、いや、俺は君に嘘をついてしまった。それはソフィアのことを愛しているからではない。俺は、異父兄であるグレイの恋人だったソフィアに、手を出したことは絶対にない。ただ――」

レオパルトは続ける。

「清らかな君の耳を汚したくなかった。俺の出自を君に知られて嫌われてしまうことを恐れて……嘘をついてしまった。いや、そもそも実業家レオパルトという人間は偽りの存在でしかない」

「レオパルト自体が偽り……？」

想像とは違った不穏なレオパルトの返答に、ダイアナは零れんばかりに瞳を開いた。

「ああ、そうだ。君に愛されたいがために、俺は俺自身をだましていたんだ。そんな男の言うことなんて、聞きたくないかもしれないが」

まぶたを伏せたレオパルトは苦しそうに眉をひそめている。だが、彼はダイアナの顔を見ると口を開いた。

「ダイアナ、俺は貧民街出身で……娼婦の子どもなんだ……。父親が誰かは知らない。グレイと同じ母親であることは間違いなかった。ソフィアも貧民街に住んでいて、俺たちの三人は幼馴染でほぼ家族のような存在だった」

驚きと、やっぱりそうかという気持ちがダイアナの心に芽生える。レオパルトは話し続ける。

「俺たちは貧民街で子どもたちを率いて、いろいろ悪さをしでかした」

レオパルトの思わぬ過去を聞いて、ダイアナに衝撃が走る。

「一番年上のソフィアはやめろとよく言ってた。意気地なしなグレイのことは、兄とはいえ、少し馬鹿にしてしまっていた。集団のリーダーだった俺は、殺人以外ならなんでもやったよ。……気持ちがいい話ではないだろう？」

貧民街の少年たちと目の前のレオパルトを重ねる。

「……レオは、生きていくために必死だったのでしょう？」

「……っ！」

大人だって金がないと生きていけず、浮浪者や物乞いになるような時代だ。子どもだったらなおのこと、生き抜くのに必死だっただろう。

「ダイアナ、君はやっぱり俺にはもったいない女性だ。昔から清らかな心を持っている」

レオパルトは自身の過去を恥じ入るようにうつむきながら、ぽつぽつとつぶやく。

「レオ、よければ、話の続きを聞かせてもらえる？」

「ああ」

レオパルトはダイアナに視線を向け直すと唇を引き結び、また喋りはじめた。

「あるとき、大きな失敗をしてしまった……俺は子どもたちの中で一番強かっただけだ。それに目をつけた悪い大人にはめられ、高額な金を要求された。子どもだった俺にはもちろん払えなかった」

レオパルトは目を伏せる。

「払えないのなら殺すと言われて、馬鹿な俺はおじけづいた。すると大人たちは俺たちの中で年長だったソフィアに責任を取れと脅してきたんだ。結局、彼女は責任を取るために娼館《しょうかん》で働くことになった。ソフィアと恋人同士だったグレイは、当然俺のことを憎むようになった」

「レオ……」

「最初からソフィアの美貌に目をつけていたと、あとから知った。自分のせいで、姉のように思っていた彼女が娼婦に落とされるなんて思いもしなかった。俺はますます荒れて、徒党を組んでいた子どもたちも怯えるぐらいに暴れまわった」

彼は続ける。

「ソフィアは、利用されるぐらいならこっちから利用してやるから安心しなと言ってきたが、気休めにしかならなかった。どうでもよくなった俺は、あるとき油断して悪い大人たちに捕まり、集団暴行を受けた。そうして少女時代の君に出会ったんだ、ダイアナ」

レオパルトは、そっとダイアナの顎《あご》を掴んだ。

「わたしに？」

「ああ、そうだ。君は覚えていないだろう。だけど俺は君の優しさに触れた。そうして、自分の出自に囚われずに財を成し、ソフィアを娼婦の道から救えばいいと思うようになった。貧しい商人に取り入って金を増やしてやったら、養子に迎えてくれた。そうやって、俺は成り上がった」

（わたしは、いつレオに会ったの？）

ダイアナは気になったが、レオパルトはその話には触れずに先に進む。

「まとまった金ができた俺は、ソフィアを買い取るために前から交渉していた。だが、向こうも高級娼婦として名を馳せていた彼女をなかなか引き渡してくれなかった。君と結婚したころ、ソフィアは妊娠していた。グレイの子だと知られれば堕胎される、だけど絶対に産みたいと嘆いていた」

当時、レオパルトは交渉と言っていたが、完全な嘘ではなかったのだとダイアナは思った。

彼は続ける。

「そうして、なんとか交渉がうまくいったのが、君が、俺が彼女と抱き合っているのを見たと言ったあの日だ。愛するグレイの子を産めるとソフィアは泣いていた。彼女を救うまでには長い時間がかかった。感極まって抱き合ったが、君に誤解されるとは考えていなかった。本当にすまない」

「レオパルト……」

「平民どころか、俺は貧民だったんだ。君とは身分違いもいいところだろう？　俺は最初から嘘をついていたんだ。舞踏会でだって初めて会うふりをして君に近づいた」

少し前の心を閉ざしていたダイアナだったら、レオパルトが嘘をついていたことを責めたかもしれない。

（わたしはレオの話を聞こうとしなかった。だけど、レオは初めからわたしのことを、ちゃんと見てくれていた）

「一度話すと、どんどん君に惹かれていって、自分を偽ってでも君に愛されたいと思った。そんな卑怯《ひきょう》な男なんだ、がっかりしただろう？」

レオパルトはダイアナを真正面から見据えると熱っぽく続けた。

「こんな俺だが、愛しているのは、生涯ともに歩んでいきたいと思うのは——ダイアナ、君だけだ」

レオパルトは、かつてダイアナにプロポーズをしたときのように、いや、そのとき以上に真剣に愛を告げる。

「レオ……」

ダイアナの瞳にみるみる涙がたまっていく。そうして筋になって頬を流れ落ちていった。

ダイアナはレオパルトにゆっくりと近づくと、そっとその背に腕を回す。

「レオパルト、わたしは妻の身でありながら、レオが、『私』ではなく『俺』と言うことさえ知らなかった」

先ほど再会した以上に強く、ダイアナはレオパルトに抱擁された。

「……ダイアナ」

「だけど、わたしはどんなあなたでも受け入れたいの」

彼女の真摯な瞳を受けて、レオパルトはコクリとうなずいた。

「ありがとう、ダイアナ。こんな過去、受け入れてくれるなんて思ってなかった……ありがとう」

心なしか彼の声が震えているようだった。

「俺も、どんな君でも愛しているよ、これから先もずっとだ」

そうして、かつてのように情熱的に彼女の唇に自身のそれを重ねる。

教会の中でふたりの影が重なった。

(レオとまた夫婦に戻れるはず)

薄暗い教会の中で、ダイアナを抱きかかえたレオパルトは、横に長い木製の会衆席へと進む。そうして、大人がひとり乗れるかどうかという幅の椅子の上へ彼女を横たえた。

「ダイアナ」

仰向けになった彼女の身体の上に、レオパルトが重なる。

橙色《だいだいいろ》のランプに照らされたアッシュブロンドの髪は、夜だというのに、まるで太陽のように輝いていた。ランプの炎は、彼のアップルグリーンの瞳をより明るく見せる。

「レオ……」

祭壇に飾られた、炎が揺らめく蝋燭《ろうそく》や色とりどりの花の香りがダイアナの鼻腔をついた。

レオパルトは、彼女の髪に指を通すと愛おしそうにゆっくりと撫ではじめた。そのくすんだプラチナブロンドの髪は照明に照らされ、普段よりも艶めいている。

（ここは教会で神様がいらっしゃる場所なのに……）

敬虔《けいけん》な信者であるダイアナはレオパルトの求めに対して心が揺れ動いてしまう。だが、彼に向けられる熱視線に穿《うが》たれると、鼓動がどんどん高鳴っていき、それ以上拒むことができそうになかった。

頭の芯がぼうっとして熱に犯されてしまったかのようだ。何よりも、ダイアナの女性の芯が蕩けて、レオパルトのことを求めて疼《うず》いて仕方がなくなっていく。

「ダイアナ、君の髪はまるで絵画に出てくる女神のようでとても好きなんだ」

そう言うと、レオパルトはダイアナの髪をひと房手に取り、口づけを落とした。そのまま赤らんだ頬にも口づけはじめる。

「んっ……」

途中、彼の口唇が彼女の口角に触れた。

粘膜同士が一瞬だけ触れ合い、ダイアナは甘い声をあげる。

そのままレオパルトの唇が彼女の肌を滑る。そうして、そのまま彼女の唇を何度も食んだ。軽く唇同士が触れ合っているだけなのに、ダイアナの心は甘美に震える。

「あっ……レオ――」

もう生娘《きむすめ》ではないというのに、こんなにも相手を愛おしいと思う口づけは初めてだった。

「君に初めて会ったときは、こんなにも君に恋してしまうなんて思ってもみなかった」

そのままレオパルトの長い指が、首筋から鎖骨をなぞる。彼の指先が触れた箇所から肌が火照っていく。ダイアナはサファイアブルーの瞳を湖のように潤ませながら問いかける。

「ねえ、レオ？　わたしたちは、いったいどこで出会ったの？　んっ……」

ダイアナの首筋をレオパルトの唇が這っていき、身体がピクンピクンと震えた。ブラウスのボタンを外され、露わになった白いふくらみに唇が押しつけられた。

ダイアナは一声啼いたあと、彼に肌をきつく吸われる。赤く残った痕にまた優しく口づけられた。いつも以上に甘い愛撫《あいぶ》に心まで蕩けてしまいそうだ。

「俺たちが出会ったのは、この教会だよ」

「んっ……この教会……？」

「ああ、俺と君はここで初めて出会ったんだ」

ダイアナには見当がつかなかった。

レオパルトの大きな手がダイアナの胸のふくらみを柔らかく包みこんだ。心臓が大きく跳ね、高まる鼓動を聞かれないか危惧した。

(久しぶりすぎて……恥ずかしいわ)

彼の指が突端をいじり、何度も幸福に身体が震える。硬くとがった先端から指が一度離れると、彼の唇はそれを咥え、口の中で転がしはじめた。

「あっ……やあっ……」

甘美な幸せが脳髄まで駆け上がっていく。ダイアナはレオパルトの髪に震える手でしがみついた。

彼の反対の手はもう片方の乳房に置かれ、器用にそちらも変形させられる。

「レオ……ここは神の御許《みもと》で……あっ……これ以上されたら……」

気づけば蜜をあふれさせている自身のことをはしたないと、ダイアナは漠然と考える。

「ダイアナ」

熱に浮かされたレオパルトに、彼女の声は届いていないのかもしれなかった。彼の呼吸も荒いものへいつの間にか変わっており、時折肌に感じる息は熱い。

もちろんダイアナの呼吸も乱れ続けている。

だが、教会でこれ以上はいけない。

そうは思うものの、互いの心が通じ合った今、このまま彼と結ばれたいと願う気持ちが強くなっていく。火照り切った身体の芯は相手を求めて蕩け切って熱に浮かされてしまい、気持ちがどんどん昂っていく。

(罰を受けてもいい、今ここでレオとひとつに溶けてしまいたい)

いつの間にか胸のふくらみからはずれ、スカートの中に伸びた彼の指が、下着越しに割れ目をなぞりはじめた。ショーツ越しに、彼女の赤く熟れた粒を的確にいじり続ける。

ダイアナは両脚をきつく閉じたが、じわじわと下着が濡れていくのを止める術《すべ》はない。まるで初夜のころのように、乳頭への愛撫《あいぶ》を舌先で繰り返すレオパルトの頭に必死にしがみついた。刺激を与え続けられ、耐えられそうにない。だんだん頭が点滅してくるような感覚に襲われ、悩まし気な声をあげるだけになる。

「あっ……ぁあっ――――!!」

聖なる場で、信仰する神の前で、敬虔《けいけん》な信者であるダイアナはあられもない声をあげた。木でできた椅子の上で、背をのけぞらせ、白魚のように身体をビクビクと震わせる。大量にあふれた蜜はショーツをどうしようもないぐらいに汚していった。

眉をひそめ、歓喜に悦《よろこ》ぶ彼女の唇をレオパルトの唇がふさぐ。

そのまま、くちゅりくちゅりと水音を立てながら、激しく互いの舌を求め合う。唇同士が離れ、ふたりはしばらくの間、見つめ合う。

「ダイアナ」

「レオ」

ふたりはまた唇を交わした。

いくどとなく唇を貪り合ったあとに、レオパルトが口を開く。

「ダイアナ、こんな神聖な場所ですまなかった。ずっと君のことを我慢していたから、君が俺のことを知りたいと言って耐えられなくなってしまったんだ」

「レオ……」

レオパルトは彼女の唇にちゅっと音を鳴らしながら口づけた。

「その……順番が前後してしまうが、屋敷に帰ってきてほしい。そうしたら、今みたいに俺はまた君に触れてもいいだろうか？」

レオパルトは懇願する。

そう言われて、教会でなんてことをしてしまったのだろうとダイアナに改めて羞恥が走った。先ほどよりも冷静になった夫を見て一気に頭が冴えたのだ。

真摯な彼の瞳から、少しだけ視線をずらしながら答えた。

「……はい」

恥じらうダイアナの様子を見て、レオパルトは満面の笑みを浮かべる。

「ダイアナ、愛している。二年間、君を抱けなくて本当につらかったんだ。ああ、君を責めているつもりはないんだ。でも、もうダメかもしれないって思っていたから……このまま最後までいきたいところだが、二年ぶりだし、ちゃんとした場所でやり直したい。君には最高級の幸せを届けたいんだよ」

やや興奮した様子でレオパルトはダイアナに向かって告げた。

「なのに、明朝すぐに遠方にある支部に顔を出さないといけないんだ。どうしても俺が行かないといけなくてね。もう夜も更けたし、今から屋敷に帰ってもいいが――でも、やはり最高の環境を君には提供したい」

　残念そうにレオパルトは眉根を寄せた。普段は獰猛《どうもう》な肉食獣もかくやといった鋭さを持っているが、今は大型犬が悲しそうにしているように見える。子どものようにはしゃいだり、落ち着かなかったりする様子を見て、ダイアナはくすりと微笑んだ。

「二年ぶりで緊張するし……あなたの出張が入って、ちょうどよかったかも？　もう、わたしはあなたから逃げない。帰ってきたら、この続きをしてくれる？」

　レオパルトはダイアナをきつく抱きしめた。

「愛している、ダイアナ。君との初めての出会いの件だけど――」

「せっかくだし、あなたが帰ってくるまでに思い出せないか、頑張ってみるわ」

　言いかけたレオパルトに、ダイアナは微笑みながら返した。

「君がそう言うなら。たしかに、ダイアナに思い出してもらえたほうがうれしいかもしれない」

「レオはロマンチストね」

「そうかな？」

　しばらく見つめ合ったあと、彼が彼女に口づける。

「愛しているよ、ダイアナ。俺の妻は、生涯君だけだ。改めて君を幸せにすると誓うよ」

「わたしもよ、レオパルト」

　結婚式を挙げた場所で、再度夫婦は愛を誓いあったのだ。

屋敷に帰ったダイアナは、結婚したてのころのように活力に満ちていた。

数日間、出張でいなかったレオパルトだったが、今日いよいよ帰ってくる。せっかくだからと、屋敷からほど近い駅に彼女は向かった。

(仕事場の人が教えてくれた。十四時到着の列車だって)

迎えに来ていると知ったらレオパルトはどう思うだろうかと、期待に胸が満ちる。

駅の中には一台の蒸気機関車が止まっており、灰色の煙が風にあおられてたなびいていく。石炭のにおいが届いた。大きな音を鳴らしており、そろそろ出発するようだ。

(彼と夜を過ごすのも二年ぶりだから、すごく緊張する……)

二年間も拒否していたことを、レオパルトは一度も責めなかった。まだまだ子どもだった自分のことを、大人だった彼はずっと待っていてくれたのだろう。また彼に愛される日々が待っていることに、胸ははちきれんばかりに希望でいっぱいになっていた。

(いいえ、今度は愛されることばかりに目を向けず、レオを愛していくことを考えるのよ)

すぐにできるかわからない。だけど、まだ長い年月が残されている。二年間のすれ違いは、これから取り戻していけばいい。

(これまでレオにつらく当たったぶん、わたしは生涯をかけて彼を愛しぬくわ)

ダイアナの中には決意が宿っていた。

ちょうどそのとき、彼女の前を制服姿の男たちが慌ただしく行き来しはじめた。黒い制服を着た車掌たちが、何やらざわざわと話をしていた。

「列車が！」

「なんだって――？」

駅構内が騒然となりはじめる。

明るい気持ちに満たされていたダイアナだったが、周囲に影響され、胸がざわざわと落ち着かなくなってきた。

（なんだろう……？　なんだか嫌な予感がする）

駅で列車の到着を待っていた乗客たちが噂話を交わす。

「なんてこった！」

「それは本当かい？」

（なんだというの、いったい？）

彼女は聞き耳を立てる。

「車両が脱線事故を起こしたそうだ。なんでも大事故みたいだぞ」

（え――？　脱線――？）

ダイアナの心臓が早鐘のように動く。

（でも、レオが乗ってる車両だとは限らない）

彼女は頭を振った。

だが、乗客たちが話した内容は無情だった。

「ちょうど、十四時に到着予定の列車だったようだよ」

ダイアナの顔面が蒼白になっていく。このまま心臓が壊れてしまいそうだ。

（それは、レオが乗っているはずの列車で……）

不安でいっぱいになった背には冷や汗が流れ、手がじわりと汗ばんでくる。

「死者も相当らしい、車両も燃えているそうだ。助かっている者がいるだろうか？」

（死者？）

ダイアナの思考がまとまりを失っていく。

まるで地面が音を立てて崩れていくような気がした。

「嘘……」

周囲のざわめきが次第に遠のき、ダイアナは世界にひとり取り残されたようだった。

「レオパルト……」

列車の到着時刻――レオパルトに会えると楽しみにしていた時間――が来ても、ダイアナのもとに彼女を愛する夫が帰ってくることはなかった。

第五章　いなくなったレオパルト

レオパルトが乗っていた列車の事故現場へ乗りこもうとしたダイアナだったが、周囲から止められた。災害に乗じてスリなどの犯罪が横行したり、災害現場で一般人がうろつくと救助の邪魔になったりしてしまうからだ。

ダイアナは気が気ではなかった。神に祈ることしかできない自分の身を呪う。せめて、レオパルトが生きているという報告だけでもほしい。けれど、死んでいると宣言されるのも恐ろしい。

（こんなことになってしまうなんて……）

よく出張には向かったが、こんなことはなかった。生きて帰ってくるのが当然だと思っていた。どれだけ会話が乏しくても毎日花が飾られるのだって……

だけど、それは当たり前のことではなかったのだ。

「レオ……お願い、生きていて」

ダイアナの眦に涙がじわりと滲んでくる。

どうしてあんなに彼のことを避けていたのだろうと、後悔で胸が押しつぶされそうだ。焦燥感で胸をかきむしりたくなったが、胸の前で組んだ手に力を入れる。

安否の確認ができないまま時間だけが過ぎていき、時計の音がやけに大きく聞こえた。

実はすべて夢だったんじゃないかと眠りに就こうとしたが、どうしても眠れず、なんとか眠れても物音に敏感になっていて、すぐに目を覚ましてしまう。そうして目を覚ましたあと、薔薇《ばら》の花が花瓶の中で根腐れしているのを見て、レオパルトが帰ってきていないことに気づいて、絶望してしまうのだ。

「どうしたらよかったの？　引き止めたらこんなことにはならなかった？」

考えたところで仕方がないが、何もできない今の状態が歯がゆくて悔しくて、涙があふれて止まらない。

「レオ……」

泣き崩れたダイアナは、短い間だが、レオパルトとの思い出の残る寝室のベッドの上に突っ伏した。シーツをきつく握りしめると嗚咽が漏れ出てくる。

「う……うぅ……」

食事も喉を通らないまま、かろうじて水だけはどうにか飲みこんで、眠れない日々を悶々と過ごしたのだった。

数日後、傷病者や遺体の身元確認のため、乗客たちが搬送された教会や病院への家族の立ち入りが許された。車両火災によって身分証明書まで燃えてしまい、生死にかかわらず身元不明者が多いという。

結局、事故は乗客の半数以上が亡くなる大惨事であり、生きていれば幸いという凄惨さだった。

はやる気持ちを抑えながら、ダイアナは隣の街まで馬車で走る。父も一緒に行くと言ったが、多忙を極めていて難しく、代わりにレオパルトの経営する商会の者たちが一緒に乗ってくれた。だが、車中での会話は皆無に近かった。

隣の街に乗りこむと、全体的に暗い雰囲気に包まれており、街全体が喪に服しているような状態。遺体が安置され、軽症者が滞在する教会にようやくたどりつく。

……教会には入りきらなかったのだろう、敷地内には野ざらしで麻袋が並んでいた。袋に包まれた亡骸《なきがら》とともに遺留品が立ち並ぶ。原型をとどめていない者も多いらしく、ダイアナは中を見ないほうがいいと止められた。腐敗臭も漂う中、家族たちのむせび泣く声が聞こえる。

ダイアナは遺体と軽症者たちの中から必死にレオパルトを捜す。しかし……ついに見つけることができなかった。

（もしかしたら見落としがあったかもしれない）

そう考えつつも、ダイアナはレオパルトが生きている可能性があることに安堵《あんど》して、顔を綻ばせようとしたが頬を引き締める。

（家族を亡くしたばかりでつらい思いをしている人がたくさんいるというのに、レオが生きているかもしれないって自分のことばかり夢中になって、配慮が足りない振る舞いをするところだったわ……）

家族を亡くして嘆き悲しむ者への罪悪感を抱きつつ、傷病者が移送されたという病院へ向かった。

そこは、野戦病院もかくやという有様だった。

生き残った者は無理矢理収容されているような状態だった。ベッドに寝れず、床に臥床《がしょう》している者も多い。室内には消毒液と血のにおいが漂う。

ダイアナは身元の判明していない者の顔を見渡しながら進む。

(レオ……どうか、生きていて……)

顔を怪我していて包帯を巻かれている者も多かった。ただ顔が見えなくても、髪は見える。レオパルトのきれいなアッシュブロンドの髪は特徴的だ。身長は平均よりも高いし、指にはめられた結婚指輪などでわかるはずだと、自身を奮い立たせながら捜し回る。

(レオ……?)

いよいよ患者の数も残り少なくなってくる。

(見落とした？　……それともやっぱりもう……)

それまで毅然《きぜん》としていたダイアナだったが、瞳に涙がたまっていく。わななく唇をぎゅっと噛み締め、拳を握ってなんとかその場に留まる。

最後、金色の髪の者が何人か横に並んでいた。

(どうか……レオであるよう……神よ……)

ダイアナは祈りながら進む。そうして。

「……」

ダイアナの瞳から大粒の涙が零れ落ちていく。震える手で口元を抑える。

室内の端、ほかの患者と折り重なるように床に横たわっていたのは――

「レオ……!!　生きてた……」

頭部と右眼を損傷しているのか包帯が巻かれており、血や汗がにじんでいた。浅いけれど、確実に呼吸をしている。

ダイアナは泣きながら、いまだ目を覚まさないレオパルトのもとにひざまずいた。彼がいつもしてくれていたように髪を撫でる。

「レオ……」

床の冷たさとは反対に、彼の身体は熱を帯びていた。

背後に医師が現れ、彼の状態を教えてくれた。傷口からの感染で発熱しているそうだ。意識も朦《もう》朧《ろう》としているが、水はなんとか飲めているらしい。

そうして、目を覚まさないレオパルトは、ダイアナの住む街にある病院へ搬送することになった。新たな病院で、レオパルトは個室に入れられ手厚い治療を受けた。

しかし、なかなか意識を取り戻してはくれなかった。頭部の損傷の影響でなければいいが、右目はもしかしたら元の視力には戻らないかもしれない、と医師から伝えられる。

商会の者たちは、片目が見えるなら商売は続けられるからご安心ください、とダイアナを励ました。

いつ目を覚ますかわからないレオパルトを、ダイアナは必死に看病した。献身的に世話を続ける。

(これまで与えられてばかりだったうえに、二年もレオを放置していた)

自身の行いを反省するようにと、神から告げられているとダイアナは感じていた。

途中、父やグレイ神父やソフィアも様子を見にきて、看病の交代を申し出る。

だがダイアナは断った。ある意味でこれは、レオパルトへの贖罪としての行為でもある。

(離れていた分の夫婦の時間を取り戻しなさいという神からの思し召しよ)

ずっと自分の身を案じて見守ってくれていたレオパルトのことを、今度は自分が見守るときが来たのだ。

今まで彼に対して何もできなかった分、妻としてそばにいたいと思いながら、ダイアナは献身的に夫に尽くしたのだった。


事故から二週間が経ったころ。

ほとんど眠らずに過ごしていたダイアナは――いよいよ疲れてしまっていたのか――レオパルトの眠るベッドの脇にもたれかかり、転寝《うたたね》をしてしまっていた。

(……あ、わたし、眠ってた?)

寝ぼけ眼《まなこ》をこすりながらレオパルトの様子を見ると、呻いている。

「レオ、大丈夫?」

ダイアナは声をかけた。今日も彼は目を覚まさないかもしれないな、と思いながら。しかし。

「ここは……?」

レオパルトがゆっくりと瞼を持ち上げる。

ダイアナの胸は、火が灯ったようにみるみる明るくなっていく。

今までか細い声を上げることはあったものの、目覚める気配のなかった彼が、しっかりと目を覚ましているではないか。

「レオ――!!」

久しぶりに見たレオパルトの、明るいアップルグリーンの瞳。歓喜に震えるダイアナの瞳から涙があふれだす。全身が悦《よろこ》びで震えはじめた。

(目を覚ましてくれた……)

言葉を紡ごうとしたダイアナだったが、押し寄せてきた喜びが喉元までせりあがってきて、うまく声を発することができない。

「ここは?」

レオパルトは不思議そうに病室を見渡していた。

久しぶりに聞いた彼の声にますます気分が高揚していき、全身に活力がみなぎるようだった。指先に力を入れ直して、ダイアナは振り絞るように告げた。

「あなたは列車の事故に巻きこまれたのよ。よかった、もう意識が戻らないかと思って……」

ベッドの上に座りなおした彼に、感極まったダイアナは抱きつく。見せられないぐらい顔は涙でぐしゃぐしゃになっているだろう。

(よかった……レオが目覚めてくれて本当によかった)

これからは夫婦で幸せな毎日を送るのだ。

幸せを噛みしめるように、ダイアナはレオパルトのことを強く抱きしめた。病み上がりだからだろうか、しばらく反応に乏しいレオパルトだったが、ふいに口を開いた。

「列車？　なんで、そんな大それたものに俺が乗ってたんだよ」

「えっ？」

思いがけない言葉を耳にして、ダイアナはレオパルトを見上げる。

「それは、あなたが支部に顔を出さないといけないからって……」

目覚めたばかりだから、記憶が混乱しているのかもしれない。

「支部とか一体全体、なんの話だよ」

「レオ……？」

ダイアナは戸惑う。

そこにいるのは、たしかにダイアナの夫であるレオパルト——のはずだ。だが、粗野な口調は、彼女の知る彼とは別人のようでもある。

眉をひそめたレオパルトはダイアナを見下ろすと、心底うんざりした様子で口を開いた。

「そもそも、あんたは誰だよ？　俺には、あんたみたいなおきれいなお嬢様の知り合いはいない」

ダイアナの思考は静止する。

「何かの冗談よね……レオ……？」

震える声音《こわね》で尋ねる。そう、明るくユーモアに富んだ人だから、冗談を言ってからかっているのかもしれない。

「ねぇ、レオ……？　レオパルト……!?」

だが、現実は残酷だった。

「俺とは縁のない上流階級のお嬢様……あんたに熱烈に抱きつかれるのは悪くないが、見知らぬ男に不用心すぎじゃないか？　しかもベッドの上だ。病院らしいが」

目の前の青年がダイアナに向ける視線は氷のように冷ややかなものだった。彼は彼女が誰か——自身の妻だと本当にわかっていないようだ。

普段は爽やかな印象のアップルグリーンの瞳も暗い緑に見える。

ダイアナの鼓動が激しさを増す。喉が締めつけられるような気がして、声が出せなくなった。

そんな彼女の腕を、レオパルトと言って間違いないはずの青年が引き寄せる。

「あ……」

たくましい腕で腰を強く抱かれたかと思えば、いつの間にかレオパルトの舌にダイアナの口中は犯されていた。まるで獰猛《どうもう》な豹《ひょう》か何かのように粘膜を蹂躙《じゅうりん》される。このまま呼吸が止まってしまうというぐらい、息が漏れぬほど深く深く口づけられた。

執拗に舌が絡み合い、時折、唇が離れた際に淫卑な水音が立つ。

「んっ……」

かき抱かれた腰回りを、レオパルトの大きな手が何度も大きく撫でた。その動作は、ダイアナがグレイ神父を屋敷に呼びよせ、勘違いをさせてしまったあの日の荒々しさに似ている。

いや、そもそも知らなかっただけで、本来の彼はこの肉食獣のように荒々しい人間だったのかもしれない。

「きゃっ……!!」

そのままダイアナの身体はベッドの上に仰向きに転がされる。身体の上にまたがる青年の病衣から、白い包帯が覗いていた。

「……見たところ、俺よりも年上みたいだが、あんたみたいに隙がいっぱいあるお嬢様はすぐ誰かに喰われちまうぞ」

(年上……?)

毎日の看病で疲れきって、ダイアナは正常な判断ができなかった。脚の間に青年の脚が入りこむ。そのまま脚を開かれ、ショーツに彼の指が伸びてくる。

レオパルトは下着越しに突起をいじりはじめ、もう片方の手で乳房を変形させる。怪我を感じさせないぐらい激しく愛撫《あいぶ》した。

「……あ……」

いつの間にかダイアナはショーツを膝まで降ろされていた。レオパルトの長い中指が狭穴《きょうあな》に侵入し、じゅぽじゅぽと水音を立てながら抜き差しを繰り返される。

「……あっ……あ……」

「ただのきれいなお嬢様だと思ったが、生娘《きむすめ》じゃなさそうだな。だが、何度も男を受け入れた感じの反応でもない。あまり相手の男に求められなかったのか?」

「——っ!!」

ぼんやりと快楽の海に投げ出されつつあったダイアナだったが、その言葉にハッとなる。

「わ、わたしは、結婚して――」

レオパルト、あなたと。

ダイアナはそう続けたかったのだが――

「旦那がいたのかよ？　じゃあ、もっと抵抗しろよ。ああ、上流階級でよく聞く、家の都合か何かで結婚したが、旦那は床をともにしないとかいう類《たぐい》のヤツか？　男日照りで、ほかの男に抱かれていいとでも思ったのか？」

「ちがう……」

ダイアナの声が震える。

（目の前にレオがいるはずなのに……違う）

そんなよくわからない感覚がダイアナを襲ってきた。

「に、二年ぶりに、わ、わたしは……」

カラカラに渇いた口をなんとか開く。

（やっとレオパルトと再び愛し合えると思ったのに――）

「二年？　嫁を放置できる年月じゃないな。普通の男なら強引にでもことに及ぶもんだが……あんたの旦那は、よっぽどあんたに興味がなかったんだろうな」

レオパルトのその言葉に、ダイアナは頭を殴られたような衝撃に襲われた。そのひと言を夫の姿をした男が言ったことにも打撃を与えられた。

だが、なんとか自身を奮い立たせる。

（違う、違うわ。だって、レオは『二年間、君を抱けなくてつらかった』って言ってたし、『生涯をともにしたいのは君だけだ』って言って――）

しかし、ダイアナはハッとした。

レオパルトはソフィアのことは誤解だと弁明した。だが、どうして二年間ダイアナを放置したのか、その理由を告げなかった。ダイアナの顔がみるみる青くなっていく。

ソフィアとはたしかに何もなかったのかもしれない。しかし、それと二年間触れてこなかったことは話が別だ。

（……レオ、本当は何を考えてたの？）

頭の中がまとまりを失う。やはり本当は彼は自分のことを愛していないが、何かしらの理由で愛しているふりをしていたのだろうか。もしかしたらだまされていたのだろうか。暗闇の中に迷いこんだように、どんどん自信がなくなっていって、不安で心臓がおかしな音を立てる。

愛されていると告げられて気分が高揚して、よく彼のことが見えなかったのかもしれない。

（いえ……落ち着くのよ、ダイアナ……レオは記憶を失ったんじゃなくて、今は混乱しておかしなことを言っているのかもしれない……）

波打つように激しい心臓を落ち着けようとする。

そんな中、レオパルトと同じ見た目をした男がつぶやいた。

「……会話を途中ではさんだから、おもしろくなくなっちまった」

そう言うと、レオパルトは蜜口から指を引き抜く。そうして、ダイアナの乱れた下着と衣服を元に戻した。

「ああ、こんなことしておいてなんだが……俺だからこれぐらいで済んだが、ほかの男には気を許さないほうがいいぞ。わかったら、服を整えて部屋から出ていけ」

レオパルトはそう言って、ダイアナを病室から追い出したのだった。

ダイアナはレオパルトの意識が回復したことを、医者と看護婦へ告げにいった。

すぐに診察を行った医者からは、『事故の衝撃で記憶が抜け落ちたのかもしれませんが、はっきりとしたことはわからない』と言われた。

ちょうど見舞いに来たグレイ神父とソフィアが、その間レオパルトと話してくれた。幼馴染の彼らいわく、昔のレオパルトと話しているようだと。

(やっぱり、レオの中からわたしと出会って以降の記憶が抜け落ちているわ……)

ダイアナはそう考えるしかなかった。


それから数日後、右目以外の全身の打撲や創傷が治癒したレオパルトは退院することになった。

もちろん帰宅する場所はダイアナと住んでいた屋敷。レオパルトが使用していた書斎の中で、記憶を失った彼とダイアナは対峙する。

「グレイもソフィアも、それに鏡を見たら俺も老けてたな。たしかにあいつらからも、あんたが俺の嫁だって説明されたよ。あんたと俺が結婚してたのは本当だって信じるほかなさそうだ」

レオパルトは心底不満な様子で大仰にため息をついた。

(レオはこんな悪態はつかない人だったわ)

穏やかな印象の強い彼とは打って変わって、獰猛《どうもう》な豹《ひょう》のような印象が色濃く出ており、終始不機嫌そうな表情を浮かべている。衣服の着こなしも乱雑で、身のこなしもわりと粗暴だ。口調から何から違う様子に戸惑うほかない。

ダイアナは胸の前できゅっと手を握りしめた。

(本当にレオなのよね……別人だって疑いそうなぐらい……グレイ神父とソフィアさんも違和感なく接してたわけだから、本人なのはわかるけれど……)

なんだか心がついていけそうになかった。

列車事故の前、レオパルトにどんな過去があっても受け入れると告げたばかりだが、あまりにも別人すぎて、すでにくじけてしまいそうだ。

「それで？　普段の俺は寝室じゃなくて、書斎で寝ていたのか？　夫婦仲はよほど険悪だったとみえる」

その言葉にダイアナはぐうの音も出なかった。立ったままうつむき、口をきゅっと引き結ぶ。

椅子から立ち上がったレオパルトが彼女の顎《あご》をぐっと持ち上げた。

「まあ、今の俺からしたら、年上のきれいなお嬢様で、わりと興味がある。あんたがいいなら、俺が俺の代わりに抱いてやっても——」

「……やめて」

毅然《きぜん》と振る舞っていたダイアナだったが、あまりにも対応が違いすぎて現実を受け入れられない。みるみる涙がたまっていく。

そんなダイアナの様子を見て、視線をそらしたレオパルトはため息をついた。

「俺が商売やってるのも意外だが、まさかあんたみたいなお嬢様を嫁にしてるのにも驚いている。……俺自身も状況についていけてないんだ」

ダイアナはそこでハッとした。

(わたしはまた、レオパルトに忘れられてしまってたことにばかり囚われていたわ。今一番困っているのはレオパルトのはずよ)

レオパルトに視線を向けると自身の振る舞いをわびる。

「ごめんなさい、レオパルト、わたしはまた、自分のことばかり考えてしまっていた」

反省する彼女の顎《あご》を掴んだまま、しばらくレオパルトは黙りこんでいた。瞼を一度伏せたあと、再びダイアナを瞳に映してぽつぽつと口を開く。

「俺は学はないが、字の練習のために毎日日記をつけていた。もし続けていたなら、何かしらの記録が残っているはずだ」

ダイアナは彼の言葉を黙って聞いた。

「あまり女に泣かれるのは好きじゃないんだ。俺としても状況がわからないまま過ごすのは面倒だし、何か記憶が戻るようなものがないか一緒に探すぞ」

予想外に協力的なレオパルトの様子に、ダイアナは一瞬驚いたあと、コクリとうなずいたのだった。

さっそく書斎の中を探してみたが、日記のような類《たぐい》のものは見つからない。そもそもプライベートなものなので、人目につくような場所には置いていないのかもしれない。

そうして、記録類がなかなか見つからないこととは別に、さらなる問題が起こった。

「ああ、くそ……本当に俺は、字が読めたり書けたりするようになっていたのか？」

自問自答する彼に対して、ダイアナはコクリとうなずく。

「その……あまり、上手だとは言い難かったですが、間違いなく読んだり書けたりしていました」

そう、レオパルトが字を読めなくなっていたのだ。

だいぶ大人になってから字を覚え、仕事をして上りつめ、実業家として名を馳せたのだと考えると、その努力は並大抵のものではなかったのだろう。

改めて、彼について何も知らなかったと思い知らされると同時に、彼に対する尊敬の念がダイアナの中に芽生えてきた。

「そうか……」

それ以降、レオパルトは唇を真一文字に引き結んで、何も喋ろうとはしなかった。

そのあと手がかりの捜索はいったん終わりにして食事をとり、ダイアナは寝室へ、レオパルトは書斎へ戻った。

とはいえ、彼は病み上がりだ。寝室を使うように伝えよう、とダイアナは書斎へ向かう。木製の扉をノックすると、レオパルトが中からひょっこり顔を出した。

「どうした？」

「寝室をあなたに使っていただきたくて……」

だが、レオパルトは即座に断った。

「別に俺はこの部屋でかまわない。さっきも一応寝室には案内してもらって見てみたが、ベッドの幅が狭いかどうかぐらいの差だろう？」

「そうですが……書斎は本も多くて、寝室と比べると狭いですから……」

「ここはもともと俺が住んでた場所に比べたら、天国かってぐらい十分広い」

「傷はほとんど治っているとはいえ、あなたの右目の視界も不良です。身体をゆっくり休ませるためにも……」

「——そこまで言うなら……」

そうして、レオパルトは寝室についてきた。そのままベッドを使うように勧めたあと、ダイアナは書斎に向かおうとする。

「お嬢様、ちょっと待った」

背後からレオパルトに引き止められてしまう。

「てっきり、あんたとふたりで寝るものだと思っていた」

「え？」

その言葉にダイアナは硬直する。寝室を使ってほしいとしか言わなかったことを思い出し、頬にさっと朱が差す。

「夫婦で床をともにしたいという考えで言ったわけではないんです」

ダイアナが必死に訴える姿を見ながら、レオパルトが拍子抜けした調子で告げる。

「なんだ、つまらないな……それなら、俺は書斎でかまわない」

「せっかく来てくれたんですから、わたしが書斎に向かいます」

「いや、もともとあんたが使っていたなら、あんたがこっちで寝るべきだ」

しばらくふたりで押し問答となった。その結果――

(なぜ、こんなことになってしまったのかしら?)

大人数名が眠れそうな広いベッドの端と端に、ダイアナとレオパルトは、それぞれ眠ることになった。互いに背を向け、それぞれ別のほうを向いている。

成り行きではあるものの、久しぶりに夫婦で眠るうえに、先日の病院での一件があったため、ダイアナはひどく緊張していた。

「記憶のない旦那に対して、ものすごく警戒しているな……」

ぼそっとひと言、誰とはなしにレオパルトが独り言ちる。

ダイアナは彼が身を起こした気配を感じた。

(いつの間にこんな近くに?)

ダイアナは驚きを隠せない。

突然髪に何かが触れ、身体はピクンと震える。

それがレオパルトの大きな手だと理解するのに、そこまで時間はかからなかった。

背中にたくましい胸板が触れる。そうして首筋に柔らかい何かが触れると、きつく吸いあげられた。

「きゃっ!!」

あまりの身体の近さと思いがけない行動に、ダイアナの肌が一気に紅潮していく。

「生娘《きむすめ》のような反応だな……記憶のあったころの俺は、本当にあんたに手を出してなかったようだ」

彼女は押し黙った。

レオパルトの言う通りだからだ。記憶を失った彼はこんなに容易《たやす》く近づいてくるのに、記憶があったころはそうではなかった。もちろん、彼を拒絶していたからということもあるだろうが……さすがに二年は長すぎたような気がして漠然とした不安に襲われる。

そんな中、レオパルトの手がおもむろに胸を覆ったかと思うと、揉みしだかれた。

「あっ……やめて……あの……こんなことをされるなんて、思って……」

「あんたは警戒心が足りない。それに、俺はあんたの旦那だ。大人になった俺が二年放置してたんなら、代わりに今の俺が相手をしてやるよ」

「あっ……やぁっ……」

レオパルトはダイアナの首筋を吸い上げ、乳房を変形させる。彼の長い指が、なだらかなふくらみに沈んでは跳ね返った。

彼のたくましい腕にがっちりと身体を閉じこめられてしまい、ダイアナは身動きが取れず、あられもない声をあげ続ける。シュミーズを肩先から脱がされ、露わになった背に口づけを何度も落とされた。

「あっ……っ」

ダイアナはレオパルトに身体を愛撫《あいぶ》され、胸の先端をこりこりといじられ、さえずることしかできなくなった。身体が何度も跳ねる。

「まだ上半身しか触ってないのに、かなり感じてるみたいだな」

「っ、あっ……」

レオパルトの言葉にダイアナは困惑する。両脚の間が濡れてきているのを感じて、ますますどうしていいのかわからなくなる。身体を自由にされながら、白んでくる頭でぼんやり考えた。

(夫だけど……わたしの知る夫ではない男に、このまま身体を委ねてもいいの?)

事故に遭う直前、レオパルトが口にしていた言葉が脳裏をかすめる。

『二年ぶりだし、ちゃんとした場所でやり直したい。君には最高級の幸せを届けたいんだよ』

優しい夫の言葉を思い出し、ダイアナはハッとした。今、自分に触れる男はたしかに夫だが、自分を愛した夫とは別人だ。

ダイアナはレオパルトの腕に噛みつく。

「——つっ……!!」

レオパルトは呻き、ダイアナの乳房を弄んでいた手の動きが止まった。

「これ以上やるなら、使用人を呼びますっ……!!」

震える声でダイアナは抗議した。

「いって……病み上がりの人間に容赦ないな……」

噛まれた手を振りながら、レオパルトは不満を口にする。

「ごめんなさい。だけど、急にこんなことをされたから……」

「いや……俺も冗談がすぎたよ。記憶を失う前の俺は、よっぽどあんたに嫌われていたとみえる。上流階級のパイプ欲しさに、俺はあんたと結婚。あんたにとっては、金持ちに成り上がった俺は銀行代わり。両者の思惑は合致したから、離縁はせずにいたってところか？」

レオパルトは自虐的な笑みを浮かべながら告げた。

（違う、違う。レオがそう思っているんじゃなくて、記憶がないから、そんな推察をしているだけよ）

ダイアナは必死に頭の中で否定する。

「俺は行く当てがない。妻だというあんたに嫌われても面倒なことになりそうだし、これ以上、余計なことはしない。だが、まあ、あんたが俺に抱かれたいっていうなら話は別だが……」

「そ、そんなこと……!!」

慌てふためく彼女を見て、なぜかレオパルトは笑いはじめた。

「年上なのに、くるくる表情が変わっておもしろいな、あんた……ああ、実年齢は俺のほうが上だったか。意外と俺のほうがあんたに惚れこんでて、二年間必死に耐えてたのかもしれないな」

「え……？」

「俺が二年間あんたを抱いてない理由だよ。ツンケンしているあんたに下手に手を出して嫌われたくなくて、我慢してたのかもなって。あんたみたいなおきれいなお嬢様と、そもそもどうやって知り合ったのかよくわからないが、一緒にいて退屈しなさそうだからな」

記憶を失ってはいるが、レオパルト本人の口から、二年放置されていたことに対しての別の見解を告げられた。

当のレオパルトからすれば気休めだったかもしれないが、ダイアナの胸の内にほのかな期待が芽生えていく。レオパルトが本心を隠していたかもしれないと不安でいっぱいになりかけていたが、気分は少しだけましになった。

(もし、レオパルトがわたしのことを本当に愛していたのならうれしいのに……)

そう、真実は、レオパルトから失われた記憶の中にしかないのだ。

ひとしきり笑ったあと、彼はダイアナに願いを告げる。

「こちらの勝手で悪いが……よかったら、俺に字を教えてくれないか?」

「どうして?」

「字を読めるようになったら記憶の手がかりが増えるだろう? それ以上、あんたが悲しんでる顔は見たくない。ちゃんと記憶を取り戻す努力はしたい」

それから、ダイアナはレオパルトに字を教えることになった。家庭教師を雇ってはどうかと提案したが、『俺が記憶を失っていると知られたら、財界がざわつくだろう。なるべく人に知られないほうがいい』と断わられた。

そんなふうに言われるとダイアナも納得せざるを得ず、簡単なものからと、絵本や教書の読み聞かせからはじめた。子ども向けのものでも彼は嫌がらずに勉強に励んだ。

字を教えるためずっと一緒に過ごすうちに、ふたりの心の距離が少しずつ近づいてくる。

「――そうして、ふたりはしあわせにくらしましたとさ。めでたし、めでたし……。合ってただろう？」

年上の彼が童話を読んでいる姿がダイアナには微笑ましく映る。

「はい。先週に比べてますます読めるようになっています」

字を教えろと言われて以来、レオパルトが不必要に身体に触れてくることはなく、口こそ悪いが元の彼と変わらず、基本的に優しかった。気遣いができるところは、生来のものなのかもしれない。

ほんのちょっぴり出会ったころのことを思い出して、少しだけ心が温まる。

「あんたの髪は、きれいな金色だな」

「えっ？　……そんなこと……ソフィアさんに比べたら」

レオパルトとソフィアが抱き合っているのを見て以来、ダイアナの中で髪に関するコンプレックスが強まっていた。

そんな彼女の言葉を聞いて、呆れたようにレオパルトは告げる。

「ソフィアの髪の色は、脱色のしすぎで、ああなっただけだ」

意外な答えにダイアナは混乱した。

(たまたま、あんなにきれいな髪色になるものかしら?)

「あんたのは生まれたときからそれだろう? ゴールデンレトリーバー……いやチワワみたいで可愛いと俺は思う」

たとえが微妙だったが、まあよしとした。

レオパルトはダイアナのくすんだプラチナブロンドの髪をそっと掴んで、ちゅっと口づける。

「……」

まるで舞踏会で話しかけられたときのように、ダイアナの心はときめいてしまった。だが、ぶんぶんと頭を振り、浮足立った心をなんとか落ち着かせる。

(この人はレオだけど、レオじゃない)

レオパルトはダイアナの表情の変化を見て、満面の笑みを浮かべる。

そんな彼の反応に、またもや落ち着かなくなるのだった。


まるで結婚前のように穏やかな時間が流れているとダイアナが感じはじめて、一ヶ月後。

書斎でランプの明かりの下で字を教えていた際に、レオパルトがダイアナの髪にまた触れてきた。ちょうど夕方に雨が降ったからか、むせ返る土のにおいが夜風に乗ってやってくる。

「あんたみたいなお嬢様、好みでもなんでもないはずなんだが、どうして、こんなに惹かれるんだろうな?」

思いがけない言葉を告げられ、ダイアナの心臓がドキンと一度大きく跳ね上がる。羞恥で顔を真っ赤にさせながら反論した。

「からかわないでください。わたしの記憶はなくなっているでしょう？」

「記憶は戻っていないが、なぜだかわからないけれど、俺はあんたに惹かれている。潜在的なものかもしれない。本当の俺もあんたのことが好きだったのかもな……いや、違うか……」

ゆっくりとダイアナの口の端にレオパルトの唇が触れる。

「今の俺があんたの優しさに惹かれているだけだ」

ダイアナはますます真っ赤になって落ち着かない。

そんな彼女を見て、少年のように笑いながらレオパルトが言った。

「明日は日曜だから教会のミサがあるな。グレイとソフィアにも会いたいし、敬虔《けいけん》な信者ではないが、俺もついていっていいか？」

「は、はい。わたしも、あなたが来てくれたほうが安心します」

彼女の返答に、少しだけレオパルトの頬が赤くなったような気がした。

そのままふたりでぼんやりと月を眺めていると、レオパルトが口を開く。

「俺がどんなヤツだったか教えてくれるか？」

「え――？」

「いや、嫁のあんたなら、俺のことについて詳しいんじゃないかと思ってだな」

そう言われたダイアナの胸はズキンと痛んだ。記憶を取り戻すために役に立つかどうかわからないほど、夫婦間の距離は遠かったように思う。

それでも、知る限りのことを本人に伝えた。

「聞けば聞くほど、自分でも信じられないな、何をどうしたら、そんな男になってるんだよ」

話を聞いたレオパルトは首をかしげていた。

「昔のレオの話は全然聞いていなくて……結婚を申しこまれて浮かれていて、レオのことが見えてなかったの……」

唇を噛み締めながらうつむくダイアナの顎《あご》を、レオパルトが掴んで持ち上げた。記憶を失ってからの彼はよくこうしてくる。

「夫婦間の問題だ。別にあんただけのせいじゃないだろ？　俺もあえて言わなかったんだろうしな。あんたのことを信用していなかったのか、単に知られたくなかったのかは、わからないが……」

記憶を失ったレオパルトは、かなり言葉を選んでダイアナに考えを伝えてくる。胸の痛みの中に、少しだけ温かい火が灯ったような気がした。

「このまま俺の記憶が戻らなかったら、あんたはどうするつもりだ？」

「え……？」

「何も考えてないわけじゃないだろう？　一代で財を築いたとかどうとか言っていたが、今の俺はやっと字が読めるような状態だ。商会の経営とやらも今は部下が代わりにやってくれているからいいが、それも長い間は無理だろう。反発するヤツらが出てもおかしくない」

いつかは記憶が戻るだろうと、ダイアナは漠然と考えていた。

だが、ここ一ヶ月ほど、もとの記憶が戻る気配はまったくない。

（もしかしたら、一生記憶が戻ってこないと覚悟を決めないといけないかもしれない）

「記憶が戻らないままだと、あんたに利益はかけらもない。離縁でもなんでも申しこんでくれ」

「離縁……そんな……!!」

事故の前に自分から離縁を切り出したくせに、レオパルトの口から言われると混乱してしまう。もしかしたら記憶を失ったふりをして本心を言っているのではないか、とどうしてもダイアナは心の底で疑ってしまう。

「じゃあ、今の俺が成長するまで待つか？　記憶が戻るのに賭けるのか？　まだ金はあるだろうが、このままだと財産を食いつぶす一方だ。あんたは上流階級にいるんだし、離縁して新しい男を捜すほうが幸せになれるさ」

ひるんでしまったダイアナの唇がわななく。

（わたしがレオを好きになったのは、たしかに彼に熱烈にアプローチされたから。だけど、それだけじゃない）

社交界での彼の立ち振る舞い、仕事への熱心さ、仕事仲間に見せる厳しい態度の中にある温かさ、他者への細やかな気遣い。それに何よりも。

（いつでもレオはわたしに優しかった。いつでもわたしの気持ちを優先してくれた）

女友達と口論になったと言ったら、黙って話を聞いてくれた。困ったことがあると、一緒に解決できるように考えてくれた。体調が悪いというと優しく身体をさすってくれた。父から身分差があると言われたら、熱心に説得してくれた。

ダイアナはレオパルトをまっすぐに見つめて告げる。

「わたしはお金が目的でレオを選んだんじゃない。彼のことが好きだったから、結婚したの」

レオパルトが記憶を失ってしまってから、その優しさを何度も思い出す。どうしてそんなに優しかった彼を自分は二年も拒絶してしまったのか、後悔してもしきれない。

瞳から涙が零れてしまうのも気にせず、話を続けた。

「もし記憶が戻らなかったとしても、レオはあなた。あなたの中に残る……優しいところは一緒で、でもあなたじゃなくて……もう、自分でも何を言っているのか、よくわからない」

ダイアナは混乱してしまった。

そんな彼女に、記憶のないレオパルトはつぶやく。

「そうか。自分のことを好きだと言われているはずなのに……あんたは今の俺のことを話しているわけじゃない。昔の俺に対して妬けるな……」

嗚咽をもらすダイアナに、レオパルトはそっと自身の唇を重ねてきた。

それは記憶を失ってすぐに、強引にしてきたものとは違う。初めてレオパルトとキスをしたときのような、とても優しい口づけだった。

「言っただろう？　記憶を失う前の俺が何を考えていたかは知らないが、今の俺はあんたのことを気に入っている。……このままの俺でも、あんたは好きになってくれるだろうか？」

そう言ってくるレオパルトの瞳はあまりにも真剣だった。

「上流階級のヤツらは、貧民を馬鹿にすることが多かった。文字も読めない、教養もないゴミだと。

だが、あんたは違った。傷だらけで汚れていた俺にも手を差し伸べて――」

そこで、レオパルトが口をつぐんだ。

レオパルトの言いかけた言葉に、ダイアナはハッとする。事故の直前、教会で彼は言っていた。

『俺は君の優しさに触れた。そうして、自分の出自に囚われずに財を成し、ソフィアを娼婦の道から救えばいいと思うようになった』

(この人はちゃんとレオパルト本人だわ)

「なんだ？　今の言葉は？　ああ、いや、今のは、自分でもよくわからない。忘れてくれ」

彼は自分の発言に戸惑っているようだった。

ダイアナは泣きながら彼の身体にしがみついていた。記憶は完全に失われたわけじゃなくて、彼の中のどこか奥深くにしまわれているだけなのだろう。

「……っと！　あんたは病院で会ったときから熱烈だな。まあ、嫁が夫に抱きついてるんだから、問題ないのか」

レオパルトはそのままダイアナを優しく抱きしめると、自身の膝の上にのせた。そうして、彼女の髪を梳き、頭に口づけを落としていく。

「んっ……」

レオパルトはダイアナの背を大きく撫でながら、舌で唇を弄びはじめた。何度も舌が絡み合い、くちゅりくちゅんといやらしい水音が立つ。もう片方の手がダイアナの胸のふくらみに沈みこむと、形を変えていく。そのうち彼女の先端がうっすらと色づき、とがっていった。

夜の帳の中、ふたりの荒い息遣いが室内を満たす。

乳房をいじっていた手が腹部を撫でさすったあと、両脚の間に侵入する。そのままくにゃくにゃとした肉の花びらを割り入り、恥芯に長い中指が侵入する。くちゅりと湿った音を立てながら、中をいじりはじめた。

「あっ……ん……レオ……」

「俺の指をかなり締めつけてきてるな」

レオパルトの親指がダイアナの肉芽をこりこりと動かす。次第に芽は赤くふくらんでいく。そうして背に伸びていた大きな手が彼女の臀部《でんぶ》を撫でまわすと、両方の肉がひくひくと動いた。

肌を愛撫《あいぶ》されながら、淫核《いんかく》と淫壺《いんつぼ》を指二本で刺激され、ダイアナははしたなく身体をよがらせた。

あふれ出した蜜が、レオパルトの指を濡らし、椅子を汚していく。

「ここが好きみたいだな……」

「あっ……そんなにいっぱいされたら、わたしっ……」

レオパルトの指の動きは、ダイアナの身体を労わるように優しいのに、それでいていやらしい。

ぐちゅぐちゅと卑猥な蜜音がふたりの耳に届く。

かつての優しいレオパルトと粗野なレオパルトの強引な愛撫《あいぶ》が融合して、これまでにない快感がダイアナの中を駆け巡っていった。彼の指使いに翻弄されて頭の中は白濁していく。

「もう、ダメっ……ぁあっ――!!」

ダイアナが声を上ずらせると身体は痙攣《けいれん》し、いくどとなくレオパルトの腕の中で跳ねあがる。ひくひくと動く淫口が指を締めつけた。快感で半開きになった口に、レオパルトの舌が侵入する。

深い口づけが終わると、レオパルトはダイアナの身体を抱き寄せた。そうして耳元でささやく。

「明日のミサもあるし、今日はここまでだ」

絶頂を迎えて頭がぼんやりしているダイアナの髪を、レオパルトは何度も優しく撫でた。

「これ以降は、あんたの気持ちが固まってからでいい」

そうしてレオパルトは、ダイアナを横抱きにするとベッドへ運び、至極大事そうに横たえた。頬に口づけを落とすと、ぽつりとつぶやく。

「記憶を取り戻したら、今の俺の中から、あんたと過ごしているこの記憶はなくなるんだろうか？」

彼の切ない声音《こわね》は、眠りについたダイアナには届かなかった。

第六章　今もわたしを愛する夫

翌朝。太陽の眩しさでダイアナはゆっくりと目を覚ました。

眼前にアッシュブロンドの髪がある。いつの間にかレオパルトのたくましい腕に引き寄せられていたようだ。その端整な顔が近くにあり、心臓がドキンと鳴る。切れ長のアップルグリーンの瞳の中には、寝ぼけた自分の顔が映っていた。

「おはよう。なかなか目を覚まさないから、いろいろといたずらのしがいがあったよ」

レオパルトは微笑みながら、ダイアナに向かって話しかけた。

「え⁉」

いたずらと言われて、あわてふためいてしまう。

レオパルトはふっと微笑んだかと思うと、彼女の額に口づけた。大きな手で彼女のくすんだプラチナブロンドの髪を優しく撫でる。

（あ……わたし、昨日の夜、そのまま寝ちゃったから……）

ダイアナは自身が生まれたままの姿ということにハッと気づいた。逃げようとしたけれど、レオパルトが離れないように強く抱きしめてくる。そのまま彼の大きな手が腰のあたりを撫ではじめた。

「んっ……」

「こんなふうに触っても、まったく起きなかったな」

レオパルトの手はそのまま下に伸びていき、腰の下のふたつのなだらかな丘を愛撫《あいぶ》する。もう片方の手は彼女の首を優しく掴む。

身体に触れられている最中に、レオパルトの顔が近づく。そのまま彼の舌に唇をこじ開けられた。赤い獰猛《どうもう》な粘膜が口の中を這いずり回る。まるで下半身の出し入れのように、彼の舌が抜き差しをはじめた。

「あっ……んっ……ふぁ……」

口中を犯され、くちゅんぐちゅんと水音が立ち込める。口づけ合っているだけなのに、ダイアナの両脚の間からとろりとした蜜があふれはじめた。

唇が離れたタイミングで、仰向けになったレオパルトの身体の上へ、うつぶせになった状態のダイアナの身体が抱え上げられる。彼のたくましい胸板と、自身の背にはさまれ、白磁のふくらみがぐにゃりと潰れた。

「あ……」

硬くなったふたつのとがりがレオパルトの肌に触れていると思うと、羞恥が増す。それどころか、自身の流す液が彼の下衣を汚してはいないか、心配でたまらない。

しかし口づけは再開され、ダイアナは早朝から意識が朦朧《もうろう》としはじめた。

そんな彼女の太ももをレオパルトの手が撫でまわす。

「んっ……」

ぞくりぞくりとした感覚にダイアナは支配されていく。だんだんと息が上がっていき、心臓の音が耳もとで聞こえるような気さえする。

レオパルトの息遣いも荒々しさを増していき、いよいよおかしくなってしまいそうだった。

「あ……レオ、わたし、あ……」

ダイアナの双臀の間から伸びたレオパルトの長い指が、蜜口にぬるりと侵入した。そのまま一本の指がゆっくりと粘膜を擦《こす》るように出し入れをはじめる。

挿入を繰り返される蜜口は、だらしなく愛液をあふれさせた。

（わたし、朝からこんなにはしたないことを……）

朝、レオパルトが口づけたり優しく愛撫《あいぶ》してきたりすることはあったが、指であったとしても身体に侵入してくることはなかった。

（やっぱり、この人はレオ本人だけどレオじゃない。だけど――）

記憶を失う前のレオパルトに対して不思議な罪悪感がわく。だが、ダイアナのまとまらない思考を、快楽の波が押し流してしまう。

「あっ……レオ……レオ……」

そのまま彼の中指に翻弄され、ビクビクと全身を震わせる。刺激を受けやすい部分を彼の指は的確に探し当て、いじり続けた。

電流が流れるような刺激が波のように襲いかかってくる。

「あっ……あ、わたし、もうっ……ああっ――!!」

そうして、ダイアナは彼の身体の上にのったまま、首と背をのけ反らせながら、絶頂を迎えてしまった。たった今まで指を抜き差しされていた淫口からは愛蜜を泉のごとくあふれさせ、レオパルトの衣服をぐちゃぐちゃに汚してしまう。

「そんなにいじったつもりはなかったが、あんたは、ほかの女よりも敏感なようだな」

数年ぶりに男性にいじられるダイアナの身体は、ささいな刺激でも反応してしまうようだった。

だが、それよりもレオパルトが『ほかの女』と言ったのが気になった。女性慣れした態度に、女性経験はあるだろうなと漠然と思っていたが、あえて問いかけはしなかった。

しかも現在のダイアナの実年齢よりも、記憶を失ったレオパルトの精神年齢は若いようだ。

(記憶が少年のころに戻っていて、こんなセリフが出てくるということは、かなり若いときから女性経験があったのね……聞きたくないから、これから先も聞かないけど……)

しおらしくなったダイアナの様子に気づいたレオパルトが、触れるだけの優しい口づけを落とす。

「何をむくれてるんだ?」

「い、いえ、別に……」

レオパルトはしばらく考えこむと、ダイアナの髪を撫でながら話しはじめた。

「俺は貧民街の出身だし、お嬢様のあんたから見れば、信用ならないかもしれないが。わりと真面目な性質だ。あんたが嫁になった以上、それ以外の女に手出しはしない。大人になった俺が、どういう思考なのかは知らないがな」

レオパルトはダイアナをきつく抱きしめる。

「え？」

予想外の言葉にダイアナは驚くと同時に胸を打たれた。

（もし、記憶を失う前のレオも今のレオと同じように思ってくれていたなら、すごくうれしい……）

体温が心地よくてダイアナは穏やかな気持ちになり、そのぬくもりに浸る。

「あんたの寝顔を見てるのは楽しかったよ。さて、ミサに遅れる。もう、行こうか」

少し残念な気持ちになりながら、ダイアナは着替えを進めたのだった。


太陽が徐々に中天に向かっているころ、レオパルトとダイアナは雑踏の中を歩いていた。石畳の道は、ミサのために教会へ向かう人たちであふれかえっている。

一緒に出かけるのは久しぶりだな、とダイアナは思う。

（こうやって日曜日、またレオパルトと太陽の下を歩けるなんて……）

新婚当初は、よくふたりで近所を散歩したものだ。だが関係がよそよそしくなってからは、一緒に外出するのは公式の場だけだった。

ただ記憶を失った前後で、レオパルトの取る行動は違っていた。

そう、いつだってレオパルトはダイアナの歩幅に合わせて隣を歩いてくれていたのだ。けれども現在、彼は先を歩いている。時折、ふたりの間に別の人が入りこむぐらい距離は離れてしまっていた。

（ミサについてきてくれただけでも感謝しないといけないのに……さすがに贅沢《ぜいたく》よね）

以前のレオパルトと今の彼を少しだけ比較してしまった。そのようなことはしてはいけないと、自身に起った感情を心の中で打ち消そうとする。

そんなダイアナの心を知ってか知らずか、レオパルトが振り向く。そうしてそのまま立ち止まった。

「ああ、あんたがゆっくり歩くのを知らなかった。うっかりはぐれるところだったな。ほら、はぐれないようにしておけ」

レオパルトはそう言って、手を差し出す。

その爽やかな微笑みにダイアナの鼓動は速まり、頬が勝手に赤らんでいく。見られたくなくてうつむいた。

「どうした？　まさか……手ぐらいは繋いでいただろう？」

「ええ。……だけど……」

大きな手に小さな手のひらをおずおずと重ねる。

「ほら、行くぞ。あんたは今の俺よりも年上のはずなのに、目を離したらどこかに行ってしまう子どもみたいだ」

レオパルトはダイアナの手を力強く引いた。

（ああ、わたしは、この人に……）

昔よりも強引なレオパルトに対して、ダイアナの胸は初恋のように高鳴る。そのまま手を引かれながら教会のミサへ向かった。

教会の扉をくぐって建物内へ足を踏み入れると、司祭が生まれたての赤ん坊に洗礼を施している最中だった。愛おしそうに我が子を抱く母親を見て、ダイアナの胸の中に温かい気持ちが広がっていく。一方で、子どものいない自分と母親をついつい比較してしまう。

（結婚したらそのうち赤ん坊が生まれると思っていたけれど、そんなこともなく二年が経過してしまった）

屋敷を飛び出したあと、教会に身を寄せたことでかつての冷静さや穏やかさを取り戻せた。やっとレオパルトの話に耳を傾け、また心を通わせることができると思っていた。

（でも、その日は訪れることはないまま……レオは記憶を失ってしまったわ）

夫婦の時間は無限にあると思った自分を、ダイアナはいまだに責めていた。彼の記憶が失われてから、何度自分の行いを振り返ったことだろう。

ダイアナが考えこんでいると、手を握っているレオパルトの手の力がぎゅっと強くなった。

「レオ……どうしたの？」

ダイアナがレオパルトのほうを向くと、その表情は非常に冴えないものだった。アップルグリーンの瞳は陰りを帯び、アッシュブロンドの髪も普段に比べて精彩さを欠いている。

名を呼ばれたレオパルトはハッと身を固くしたあと、きまりが悪そうに赤ん坊から視線を外す。

「別に、あんたが気にすることじゃあない」

レオパルトの手のひらが少しだけ汗ばんでいるのをダイアナは感じた。顔色も冴えないままで、なんだか様子がおかしいような気がしたが、それ以上問いかけることができなかった。

（赤ん坊のほうを見ていたわよね……）

貧民街出身であり、子どものころは孤児院で育ったというレオパルト。

母親に愛された記憶がないから、赤ん坊を見て何か思うところでもあったのだろうか。

「さて、ミサに集中するとしよう」

「……ええ」

聖歌を歌い、司祭の話に集中して耳を傾けようとしたが、いまいち話が中に入ってこない。

（レオ、本当にどうしたのかしら？）

隣で手を繋ぐレオパルトの視線の焦点が合わない。

（そもそもレオは、積極的に子どもの話はしてなかったわね）

記憶を失う前に、子どもを持つことに対してどう思っているのか、もっとレオパルトに尋ねておけばよかったと今更ながら後悔してしまう。

ふと、キラキラと光を零している窓辺に目を向ける。

石でできた教会の壁にはステンドグラスがはめられて、エメラルドグリーンやコバルトグリーンといったガラスから陽が差し、建物の中はまるで海の中のように色にあふれていた。

けれど、ダイアナの思考は深い海底に沈みこんでいく。

気づけばミサは終わっており、グレイ神父とソフィア、ヨハンが現れた。

先ほどまでとは打って変わって笑顔に戻ったレオパルトは、幼馴染のふたりと軽口を叩き合う。

そのままみんなで教会の外に出て、敷地内を喋りながら歩く。

仲睦まじい彼らには他者が入りこめない絆があるようで、ダイアナは少しだけ寂しさを覚える。

そんなふうに感じていると、レオパルトに手を掴まれた。そのまま身体を引き寄せられ、肩同士がコツンとぶつかり合う。

「どうした、浮かない顔をして？」

頭の中に昔の記憶がよみがえる。

『どうしたんだい、ダイアナ、浮かない顔をしているね？』

舞踏会で遭遇するたび、壁際の自分にレオパルトは声をかけてくれた。令嬢たちからやっかみを受けたとき、彼によく身体を抱き寄せられた。

同じことをされるたびに、この人は自分の夫で間違いないのだと強く感じる。

（もしレオに記憶が戻らなかったとしても、わたしは今のレオのことを、きっと愛せるような気がする。いえ、もしかしたらもう……）

記憶を失っているレオパルトだが、本質は変わらない。昔のようにどうしようもなく恋している自分にふと気づいてしまう。

（わたしは……）

早鐘を打つ心臓を落ち着けようと、胸に手を当てて深呼吸をした。

そのときグレイ神父がレオパルトに話があると言って、少しだけ離れた場所に連れ出していった。

ダイアナはソフィアとヨハンとともに庭の中に取り残される。

ダイアナとしては、ソフィアがレオパルトの浮気相手ではないとわかってはいるが、二年近くそうだと思いこんでいただけに、いまだに彼女に対してもやもやと複雑な気持ちを抱えていた。

そんなダイアナの心を知ってか知らずか、女神のような笑みを浮かべながらソフィアは声をかけてくる。

「ダイアナ様、事故の前日、レオパルトから話を聞くことはできましたか？」

子どもがいる前だ。言葉を慎重に選びながらダイアナは返事をする。

「はい。彼から、その……あなたを身請けしなければならなかった理由などを聞きました」

「その節は本当に感謝しております。お金は必ず返しますので。あと、娼館《しょうかん》の裏口での件についても、ダイアナ様はご了承の上だとずっと思っていました。何も知らず、ご迷惑をおかけして申し訳ございません」

「あれは、レオパルトから感極まったからだと説明を受けていて……」

ソフィアが不思議そうに眉をひそめた。

「感極まったから――？」

なぜソフィアがそんな顔をしているのか、ダイアナには見当がつかない。彼女はしばらくの間、何かを考えているようだった。

(何かしら、いったい……？)

ダイアナが困惑していると、その間に話を終えたレオパルトとグレイ神父が近くに現れる。

「グレイ、どういう経緯かは知らないが、あの子どもを俺の子だと勘違いしているのはよくわかった。だが、俺の子ではないと断言する。嫁が勘違いするから、これ以上は取り合わない」

「しかしだな……」

「記憶をなくす前の俺は、どうしてグレイの思いこみを修正してないんだよ。グレイじゃ話にならない」

どうやらヨハンの父親について話しているようだった。

事故直前にレオパルトが説明してくれたが、グレイはレオパルトの異父兄にあたる人物だ。そうして、ソフィアの子どもはグレイの子。

ダイアナが見ていても、ソフィアとグレイは相思相愛に見えた。

(いったいどうしてグレイ神父は、ヨハンが自分の子どもだとわからないの？　なんだろう、違和感がある)

そんな中、ソフィアがレオパルト本人と話したいとダイアナに許可を求めてきた。

「どうぞ」

そう伝えると、ソフィアはレオパルトと話しはじめる。

グレイに預けられたヨハンは、ダイアナの周りをぐるぐると歩きはじめた。ヨハンのことをレオパルトの子どもかもしれないと思っていたが、そんなに似てはいないようだった。

(可愛い……)

レオパルトの甥っ子を見て心が弾む。そんなダイアナに向かってグレイ神父が話しかけてきた。

「すみません、ダイアナ様。二年前の出来事を見て以来、どうにも信じられなくなってしまって……時期も時期だったから……」

話を聞くと、どうやらグレイ神父も娼館《しょうかん》の裏で抱き合うレオパルトとソフィアを見かけたというのだ。

(娼館《しょうかん》の裏口からこそこそ出てきたのに……どうしてお互いの伴侶ともいえる人が同じタイミングでそれを見ているの？)

ますます頭の中に違和感が芽生え、考えこむ。

そのとき、ヨハンの姿が見えなくなったことに気づいてハッとする。慌ててあたりを見回すと、ヨハンはよたよたとボールを追いかけながら、いつの間にか大通りに出ようとしている。

普段は大通りに面した場所には柵が設けてあるが、今日は運悪く開いている。人だけでなく馬車の往来もある。子どもにとっては危険だ。

「待って――!!」

ダイアナは、とっさにヨハンのあとを追いかけた。ダイアナに遅れて気づいたグレイ神父も慌てて追いかける。柵があるからと彼も油断していたのだろう。

大通りに飛び出したヨハンを目がけて、一台の馬車が走ってきている。

「危ない――!!」

追いついたダイアナはヨハンをかばうようにして抱きしめる。

馬の嘶《いなな》きと激しい蹄の音が聞こえた。

ぎゅっと目をつぶる。馬車に跳ねられれば、まず間違いなく命を落とすだろう。

そのとき、頭の中に場違いな何かが頭をよぎる。

『危ない――!!』

『どうして、俺なんかを助けた？』

しゃがれた老人の声。

（そう、たしか老人を助けたときも、わたしは大通りに飛び出したわ）

ダイアナたちに気づいた周囲の人が悲鳴を上げる。

ダイアナは背でかばうようにしてヨハンを強く抱きしめた。激しい痛みが襲ってくる……そう思ったのだが――

「きゃっ――!!」

衝撃が訪れるはずだったのに、なぜかダイアナは地面に側部を打ちつけた。身体に何か重みがかかるが、予想よりも痛みはない。

周囲のざわめきが止まない中、おそるおそる目を開ける。

「あんたは、なんて無茶をするんだ!!」

声を荒げて怒るレオパルトが、ダイアナをかばうようにして覆いかぶさっていた。彼の背後を見ると、御者が興奮する馬を抑えている。

どうやら、馬車に跳ねられそうになったところをレオパルトが助けてくれたようだった。

「本当に、昔から何も変わっちゃいな……」

そこまで言いかけて、レオパルトはハッとして口をつぐんだ。

ダイアナの鼓動が速まる。

(何？　なんだろう？　この既視感は――)

ヨハンを抱きしめたままのダイアナと、彼女をかばうように覆いかぶさるレオパルトは、互いを見つめたまま動けないでいたのだった。

＊＊＊

十年以上前の出来事を、ダイアナは思い出していた。

少女時代のダイアナは大人顔負けにバッスルスタイルのドレスを着こなし、淑女として申し分ないように振る舞っていた。上流階級の父の影響でノブレス・オブリージュの考えを教えこまれ、七つのころには、すでに敬虔《けいけん》な信者にして高潔な奉仕者だったのだ。

ダイアナは週末になると、動きやすいジゴ袖のシュミーズドレスに着替え、可愛らしいオペラパンプスを履いて、教会の慈善事業に向かった。

老若男女、病める人や貧しい人に手を差し伸べるのが、彼女にとっては当たり前だったのだ。

そんなある日のこと。教会の前の大通りに、外套《がいとう》を着た誰かがうずくまっているのを、ダイアナは発見した。教会の敷地内から覗く限り、まだ息をしているようだ。

通りの者たちは物乞いや遺体だと思って放置しているのか、道端に捨てられたゴミだと勘違いしているのか、その「誰か」に近づくことはしなかった。

そうして大通りを駆けてきた馬車がものすごい速さで、「誰か」へ接近してくる。

(あの人が死んじゃう!!)

『危ない――!!』

とっさに通りに飛び出たダイアナは、倒れた人間の身体の上に覆いかぶさる。

周囲の人々の悲鳴が木霊《こだま》する中、間一髪で馬車はなんとか止まった。ほっとしたダイアナの身体の下にいる人物が、呻くようなしゃがれた声をあげる。

『どうして、俺なんかを助けた?』

ダイアナには尋ねられた意味がよくわからなかった。

『だって、おじいさん。あのままだと馬車にはねられて死んでいました』

サファイアブルーの瞳を悲し気に歪《ゆが》ませながら、ダイアナは外套《がいとう》を着た人物に伝えた。

『おじいさん、か……あのまま馬車に踏まれていたら、やっと死ぬことができたのに……家族を不幸にした自分なんて生きている価値もない……』

『ご家族に、不幸があったのですか?』

ダイアナが悲しそうに問うと、老人は『そうだ』とぽつりとつぶやいたあと、それ以上は何も話そうとはしなかった。

倒れたままの老人に、ダイアナはそっと小さな手を差し出す。

『おきれいなお嬢様……俺に触ったら、あんたまで汚れちまうぞ』

彼の訴えに対し、首を横にふるふると振った。

『あなたに触ったからと言って、汚れることはありません』

『さすがお嬢様……とんだ偽善者だ』

外套《がいとう》を着た老人は薄ら笑いを浮かべた。

『ぎぜんしゃ――？』

あまり言われたことのない言葉だとダイアナは思った。

『ぎぜんしゃでもなんでも思ってくださっていいですから。そこは教会です、一緒に行きましょう。歩けますか？』

なかなか男は手を重ねない。

『……行きますよ』

白くてきれいな、とても小さな手が、汚れた男の大きな手を勢いよく掴む。

『おい、強引だな、お嬢様、俺は……』

『わたしは――誰かを助けるのに理由なんて持っていません。ただ、自分のやるべきことを、できることをやるだけです!!』

汚れた男はきれいな少女の手を振り払うことはしなかった。

＊＊＊

教会から屋敷に戻ったダイアナとレオパルトは、夕食を済ませて、いったん別れていた。

湯浴みをすませて、まだ少しだけ濡れた髪のダイアナは、寝室のバルコニーに出て星空を眺めていた。欄干に肘をつきながら、日中脳裏をよぎった出来事を反芻する。

（あの記憶は……）

ダイアナは瞼を閉じた。

数日の間、教会前で拾った老人と交流したのを覚えている。詳細な内容まで思い出せないのは残念だったが、ぶっきらぼうな彼から感謝の言葉をもらったような記憶がある。

だが、彼は忽然と教会から姿を消した。

（ねえ、レオ。わたしは、もしかしたらあなたと初めて出会った日を、思い出したかもしれないわ）

ダイアナの心中が、満天の星の輝きのように明るくなっていく。

「ダイアナ、またそんな格好で外に出て……湯冷めするぞ」

レオパルトがゆっくりと近づいてくる。

湯浴み後のダイアナは先日とは違い、シュミーズドレスを身につけていた。

「レオは、どんな格好をしていても、そう言うでしょう？」

「そうかもしれないな」

ダイアナの返しに少し面食らったレオパルトは破顔する。そうして、隣に立つと紺地に金糸の刺繍のあるショールを彼女の肩にかけたあと、抱き寄せて耳元で優しい言葉を紡ぐ。

「……あんたに何かあったらと思うと俺は気が気じゃないんだ」

そんなレオパルトの言葉に、ダイアナの胸は少女のように弾んでしまった。背の高い彼を見上げ、頬を染めたまま穏やかに微笑む。

「レオに心配してもらえて、すごくうれしい」

「なあ……あんたは、今の俺と、本来の俺……やっぱり本来の俺が好きなのか？」

その問いにダイアナは戸惑った。彼の言う「本来の俺」とは、記憶喪失になる前のレオパルトということだろう。

「そうね……」

ダイアナは柔らかく微笑んだ。

「どちらも本来のあなただわ。だから比べることはできない」

すると、レオパルトはうれしそうに、だけど寂しそうに笑った。

「どちらも俺、か……」

レオパルトの手がダイアナの背に向かって伸びてきたが、触れることなく空を切った。レオパルトが伏し目がちになると、長いまつげに縁どられたアップルグリーンの瞳に陰りが帯びる。そのままダイアナには視線を向けずにぽつぽつと話しはじめた。

「察するにあんたと結婚した俺は、あんたをだましてたんじゃないかって思っている」

「え？」

思いがけない発言にダイアナは思わず聞き返していた。

「今の俺を見たらわかるだろう？　もともとこんな性格なんだ。どうやら大人になった俺は、今の俺とはまったくの別人を演じてあんたの旦那の座に収まってるんだよ。つまるところ、あんたと接していたレオパルトという人物そのものが偽りの存在なんだよ」

レオパルトは血が出ないかと心配になるぐらいにきつく右の拳を握り締めていた。

そんな彼に近づくと、ダイアナは両の手のひらでその拳を柔らかく包みこんだ。

「いいえ、どんなに偽っていようが、どちらもあなた。今のあなたは過去のレオであり、本来のレオでもある。どんなに話し方や雰囲気が変わったとしても、本質は変わらない」

「本質？」

レオパルトがダイアナへと視線を戻した。アップルグリーンの瞳が忙しなく揺れ動く。

「ええ。あなたという人間の本質は変わらない。レオの根底にある気遣いや優しさや思いやりは、どんなに口調や仕草が変わったところで一緒だもの」

「偽りの俺も俺だって言うのか？」

「ええ、そうしてわたしは、どちらのあなたのことも――」

ダイアナが話を続けようとしたとき、レオパルトの拳を包みこんでいた手を掴まれると同時に、端整な顔が迫る。

「あ……」

そのままダイアナの唇はレオパルトのそれにふさがれた。

夜の静謐《せいひつ》な空気の中に、ふたりが交わす淫《みだ》らな口づけの音がくちゅりくちゅんと響き渡る。激しく求めあうキスを、互いを気遣うような触れるだけの口づけを何度も繰り返す。

「あ……レオ……」

「ダイアナ」

いつになく熱っぽく名を呼ばれてしまい、ダイアナの胸がきゅうっと疼《うず》いた。

再度互いの名を呼び合ったあと、レオパルトのたくましい腕にダイアナの身体が抱き寄せられる。

欄干に背を向けた彼の首に腕を回す。

そうして絡み合ったふたりは、再度激しく互いを求めあった。先日よりも優しい手つきで背を擦《こす》られると、いまだかつてない幸福感に支配される。

「ん……あっ……あ……レオ……」

「ダイアナ……これまで以上にあんたのことを、もっと俺に教えてほしい」

熱い吐息が交じり合う。舌同士も絡み合う中、レオパルトの大きな右手がダイアナの背後をまさぐる。レオパルトの左手で頭を押さえられたかと思うと、口の中に深々と舌を差し入れられた。

「……」

息もできないぐらいに熱い口づけを交わしあう。唇が離れるとレオパルトが甘くささやいてくる。

「こんなにもすべてが欲しいと思った女は、あんたが初めてだ」

繰り返されるキスと全身への愛撫《あいぶ》で、ダイアナの両脚の間は瑞々しい果実のようにみるみる蜜をあふれさせはじめる。

そのままレオパルトの右手がドレスの裾から侵入し、ショーツを膝まで降ろした。ダイアナの秘部とショーツの間に蜜が糸を引いて垂れていく。

蜜を流す狭穴《きょうあな》へ中指が差し入れられ、硬くとがってしまった淫核《いんかく》をレオパルトの親指がそっと愛ではじめる。

「こんなに俺のことを求めてくれてるなんて、触れられるだけで、こんなにも幸せになれるんだな……なあ、俺はあんたに気持ちよくなってもらいたい。どうだ？」

「あっ……それは……あっ……」

ふくらんだ芽の表面を親指が何度も動く。レオパルトの指がいやらしく核の周囲をいじるたびに、ダイアナの呼吸が促迫していく。今まで以上に優しい指遣いで触れられると、そのまま蕩けてしまいそうだ。

「あっ……」

息さえも食《は》むかのようにレオパルトの唇に貪り続けられた。まだ短い間しか触れられていないというのに脚ががくがくと震え、立っていられない。

そんなダイアナの腰をレオパルトはきつく抱き寄せた。

「ああ、本当にちょっと触れただけで、こんなにもうれしそうな顔をされたら堪らないな……」

「あっ、あっ、来ちゃう、このままじゃ――」

果てる寸前に唇をふさがれ、ダイアナは絶頂を迎えた。おかげで声が外に漏れることはなかったが、一気に呼吸ができなくなり頭の中が白くなっていく。

レオパルトにビクビクと震える身体を抱き寄せられる。下衣越しに彼の猛《たけ》りが当たり、ダイアナの頬にさっと朱が差した。

「ああ、あんたは本当に可愛いな。このまま中に入りたいが――」

「あ……わたし……」

そうして、ダイアナはそのままレオパルトに横抱きにされた。鼓動は鳴り止まない。

「無理はしなくていい。だけど、よかったらあんたが鎮めてくれないか？　ダイアナ」

「あ……」

ダイアナがこくりとうなずくと、ふたりは暗い寝室の中へ戻る。暗がりの寝室に飾った薔薇《ばら》の甘い香りが広がった。

白く滑らかなベッドに横たえられたダイアナは、シュミーズドレスをゆっくりと脱がされていく。露わになった肌は月夜に照らされて艶《なま》めかしく輝き、絹を思わせるプラチナブロンドの髪はまるで月のように美しく煌めく。

ダイアナの胸元に、初夜を思い出させるような口づけが落とされる。肌を吸う音が室内に響き、肌が朱に染まり、そうして、肌以上に赤い花びらが全身に散らばっていく。

「ん……レオ……そんなにたくさん口づけられたら……おかしくなりそう……」

「名前を呼ばれただけで、俺までおかしくなりそうだな……」

ダイアナの鼓動はどんどん高まっていった。レオパルトの整った顔が近づき、熱い吐息とともに唇がふさがれる。

「ああ、あんたの唇は、どこまでも甘い……」

「んっ……レオ……」

卑猥な水音がくちゅりくちゅりと響く。一度唇が離れると、想いを通わせたことがわかる銀糸がふたりの間に伸びた。

「ダイアナ、蕩けるような君の顔は、いつ見てもきれいだ」

「レオ……？　あっ……」

違和感があったが考える暇を与えてくれないぐらい、彼の甘い愛撫《あいぶ》が続く。

身体を下げたレオパルトの顔がダイアナの両脚の間に近づく。先ほど指でいじられて蕩けてしまった秘部を彼の唇で触れられ、とろとろとあふれている蜜をずずとすすられる。

「そ、そんなとこ……」

「俺のことを誘って色づいていて、すごくきれいだ……ああ、もっと俺に堪能させてほしい」

先ほど絶頂を迎えたばかりのダイアナの淫核《いんかく》は赤く色づいており、レオパルトが舌先でいじると容易に達した。

「あっ……ああっ……!!」

蜜口からあふれ出した蜜を零さぬようにレオパルトは飲み干す。舌先が敏感な粘膜に触れているため、ダイアナの身体はまるで白魚のようにビクビクと跳ねあがった。

「ああ、舌だけでこんなに乱れてくれるなんて、可愛いな、本当に……」

彼の顔が離れ、少しだけ身体に重みを感じる。

「疲れているところに悪いな。結構俺も限界みたいだ」

「あっ……」

ぬるぬるになった秘部に、鉄の塊のような剛直の裏側があてがわれた。そのまま棒が花弁の間の溝を上下に動く。

「ああ、触れ合うだけで、こんなに気持ちいいのは反則だろう……」

「レオパルト……あっ……あ……」

膨張した粘膜の上を欲棒に擦《こす》り上げられ、ダイアナの声は上ずる。ぬちゅん、ぐちゅんと激しい水音が響いた。何度も同じ動作を繰り返され、あふれる蜜は留まることを知らない。愛蜜が器官同士の潤滑油となって痛みは感じず、電流のような快楽が全身を何度も駆け抜けていった。

秘部と局部が触れ合うだけでもとても気持ちがよくて、ダイアナは嬌声をあげるだけになった。

「あっ……あっ……あ、あ……」

「は……知らなかったな、こんなに幸せなんだ。中に入れなくても、ダイアナに触れられるだけでも俺は幸せだ……」

「あああっ、もう、ダメっ――!!」

三度目の絶頂を迎えたダイアナは声をあげるとともに、なまめかしく肢体をよがらせた。

レオパルトはダイアナの許可を取ると、自身の猛《たけ》りを掴んでしごく。先端から放出された熱くて白い液が滑らかな腹部を滴り落ち、清潔なシーツを汚した。

快感に打ち震えるダイアナの腹部を清潔な布で清めたあと、レオパルトがぽつりぽつりと語りだす。

「ダイアナ、俺はどうやら子ども時代の俺が思っている以上に、目的のためなら手段を選ばない。

汚い真似もずるもするし、平気で嘘をつく、そんな大人に成長したみたいだ」

レオパルトはまるで懺悔《ざんげ》か何かをするようだった。

何度も愛でられたダイアナに眠気が襲ってくる。けれども、疲れた両手をゆるゆると伸ばすと、レオパルトの頰を包みこんだ。

「それは、身分を偽っていたこと？　ソフィアさんと抱き合っていた理由を隠したこと？」

レオパルトは押し黙ると、しばらくして答える。

「いろいろだ。さっきも言っただろう？　俺の存在そのものも……」

レオパルトはダイアナから視線をそらした。

記憶を失って自分自身の存在意義に悩んでいるのかもしれない、とダイアナはレオパルトに安心感を与えるように告げた。

「レオは、正直に身分も打ち明けてくれたし、時間はかかったけれど、ソフィアさんについても話してくれたわ」

「その理由さえも偽りで……ほかに理由があったとしても？」

「え――？」

最近粗野で大胆な行動が多かったレオパルトにしては、慈しむような優しい手つきでダイアナは髪を撫でられる。そうして、彼は穏やかだが後悔のにじむような口調で語りはじめた。

「ソフィアを抱きしめたことや、二年間、ダイアナに手を出さなかったことの理由だ。それに下手をしたら、レオパルトという男の存在自体が嘘で塗り固められていることになる。はたして、そんな男だったとしても、君は俺を夫に選んだままでいてくれるだろうか？」

もしレオパルトの言う通りならば、事故直前に説明した理由が嘘だということになる。それでも。

「貧民街の出身でも商人でも嘘つきでもなんでもいい」

ダイアナは続けた。温かな滴《しずく》が零れ落ちてくる。

「二年間、ずっとレオと話すのを避けるようにして生きてきたわ。思い返せば、レオはどこか苦しそうだった。だけど、それに気づいていたのに、わたしはそれから逃げていたのよ」

「ダイアナ、君は逃げてなんか――!!」

「あなたと数日間離れて……そうして、あなたと向き合ったらいろいろ話してくれたわ」

「そのいろいろが全部嘘で……」

レオパルトのアップルグリーンの瞳から涙が零れ落ちる。

悲壮に満ちた表情を浮かべたレオパルトに向かって、落ちそうな瞼を必死に持ち上げながらダイアナは伝えた。

「もし嘘だったとしても何か理由がある。レオはいつだって優しくて、わたしを大事にしてくれてたって、二年かかって気づいたの。言ったでしょう？　記憶があってもなくても、あなたの本質は変わらないものだって……あなたがどんな人間だったとしても、あなたはわたしの――」

とろんとしているダイアナが言葉を紡ぐ前に、レオパルトは優しく口をふさいだ。荒々しいものではなく、記憶を失う前の彼を彷彿《ほうふつ》とさせるような穏やかな口づけを受けて、全身に温かなものが広がっていくようだ。

ダイアナはそのまま、幸せな気持ちになりながら夢の中に誘われていく。

結婚当初を思い出させるような甘く穏やかな口調でレオパルトが言葉を紡いでくる。

「おやすみ。私は……俺は君を守ろうと、たくさん嘘をついてきたが、これだけは嘘じゃない。この想いだけは偽りじゃない。ダイアナ、俺は君を、君のことだけをいつだって――」

レオパルトがなんと口にしたのか、ダイアナにはもう聞こえていなかった。

互いを偽り続けてきた夫婦が、初めて互いをさらけ出して抱きしめ合って眠りについたのだった。


翌朝、朝の陽ざしでダイアナが目を覚ますと、隣に眠っているはずのレオパルトがいなかった。

「レオ……？」

身体を起こしてきょろきょろと周囲を見渡すが、やはり姿はない。

「どこに行ったのかしら？」

ふと、机の上に封筒が一通置いてあるのが目に入った。ベッドから出てそっと手に取って封を切ると、顔から一気に血の気が引いていく。

「これは……どうして？」

手紙を持つ手が震える。

レオパルト・グリフィス

封入されていたのは署名がしてある離縁状だったのだ。

「記憶をなくして、字はだいぶ読めるようになっていたけれど、まだ上手に書いたりはできなかったはず」

レオパルトの昨晩の様子を思い出す。

たしかに彼の言動はおかしかった。ダイアナと呼び捨てにしてみたり、君と言ってみたり……

「そういえば教会でも様子がおかしかったわ……まさか、レオ……昨日はすでに記憶が戻って……？」

唇をわななかせながらその場に立ち尽くしていると　慌ただしく使用人が寝室に押しかけてきた。

「奥様――!!」

血相を変えた使用人に向かって、ダイアナは問いかける。

「どうしたの？」

「それが、警察が来ていて!!」

「え？」

サファイアブルーの眼を見開いた。

「旦那様……レオパルト様に、先月の列車事故を起こした容疑がかけられているようなんです!!」

どうやら機関室内で争いがあったらしく、目撃者がいたそうだ。最近意識を取り戻した人物が、財界でも名を馳せているレオパルトが争いの渦中にいたと発言していると言う。

運転手は亡くなってしまっているために何があったのか判然としないようだが、レオパルトの罪が疑われているという。

(レオの姿はない。机の上には離縁状が残されている。挙句、列車事故の犯人の可能性……?)

ダイアナの全身に衝撃が走ったのだった。

第七章　かつての夫と今の夫と

結局、レオパルトの無実を必死に訴えたあと、警察が一旦は去っていった。

（レオは容疑をかけられているだけだもの……大丈夫よ）

そう自分に言い聞かせてダイアナは自分を奮い立たせた。しかし手の内側には汗をかいていて、内心は落ち着かない。

警察と入れ替わりで、ヨハンを連れたソフィアとグレイ神父の三人が現れた。

「ダイアナ様、朝早くにごめんなさい」

「ソフィアさん、どうしたの？」

今朝がたレオパルトが教会に行ったらしく、ソフィアとグレイ神父に荷物をいくつか預けて去ったというのだ。ダイアナは彼が離縁状を残したまま、屋敷からいなくなったことを告げる。

すると、ソフィアが急に慌てはじめた。

「もしかすると、オズボーン卿のところに向かったのかもしれない……」

「オズボーン卿……？」

その名に聞き覚えがあった。

（たしか先日新聞を見て、記憶を失ったレオが見たことがある気がすると話していた大富豪……？）

写真で見る限り、ハットを被った髭面《ひげづら》の男だったように思う。慈善事業家の側面もあり、各地の教会に多くの出資をしている人物だったはずだ。以前、教会で会話を交わしたことがある。新聞には、オズボーン卿も先日の列車の事故に巻きこまれたと書かれていたはずだ。

「取り引き先だったりしたのかしら……？」

ふと、ダイアナの脳裏に先ほどの警察とのやり取りが浮かぶ。

（まさか、列車の中でレオと言い争いをしていたというのはオズボーン卿だというの？）

ダイアナはしばらく考えこむ。昨日の様子だと、すべてかどうかはわからないが、レオパルトはある程度の記憶を取り戻していたはずだ。

（レオが二年前にソフィアさんを抱きしめたのは感極まったからという話や、わたしに絶対に手を出さなかった理由は嘘だった可能性がある。だけどレオは自分から、わたしを傷つけるようなことは絶対しない）

おそらくレオパルトにとっても、二年前にソフィアを抱きしめている姿を見られたのは想定外だったのだろう。ダイアナはソフィアにことの真相を問うことにした。

「ソフィアさん、わかる範囲でいいから、教えてもらえませんか？」

ダイアナの頼みを聞いて、ソフィアはうなずいた。

それからことの真相――オズボーン卿とレオパルトとの確執、ソフィアとレオパルトとの謀《はかりごと》、列車事故に至るまでの一連の出来事について話しはじめた。

「十数年前にレオパルトが失敗を犯したという出来事ですが、裏で一枚噛んでいる人物がいました」

だが、そのころの幼馴染三人は悪い大人が絡んでいるとはまったく気づいていなかったそうだ。

レオパルトが失敗したことでソフィアは娼館《しょうかん》に入ることになり、レオパルトとグレイの間には亀裂が入ってしまった。自棄《やけ》を起こしたレオパルトはひとりでオズボーン卿の商会に乗りこんだが、返り討ちに合って大通りに捨てられていたところ、少女時代のダイアナに拾われたのだ。

「一時期荒れていたレオでしたが、教会でダイアナ様と出会って以降、まるで別人のように勉学に励んで商才を発揮するようになりました」

「別人のようにとは……もともとは粗野な印象のある男の人だったんですよね？」

「ダイアナ様、そうです。あの子は、昔はやんちゃで誰の言うことも聞かないようなヤツだった。だけど財を成すために、容姿や語り口調を変え、人間関係などすべてを捨てて、文字通り別人のように振る舞うようになりました。そうして、平民の商家の養子に入って財を成していきました。相当な額を稼いだはずです。だけど、私の身請け金は上がり続けました」

レオパルトは吊り上がるソフィアの身請け金や、時折商売の邪魔が入ることに違和感を覚えつつも、金を稼いだ。財界に名を馳せていくものの、なかなかソフィアを身請けできないまま時間だけが過ぎていった。

「そんな最中、レオは社交界デビューを果たしていたダイアナ様を舞踏会で見つけたそうです」

「わたしのことを？」

「ええ、そうです。とてもうれしそうにしていたのを覚えています」

財を成すまでの間、何人かの女性と交際したレオパルトだったが、なかなか本気にはなれなかったそうだ。なぜかつきあった女性たちも身を持ち崩し、娼婦になったりすることが続いた。とはいえ、女性たちは貴重な情報源だと当時は割り切っていたようだ。

「でも、ダイアナ様はほかの女性とは別で……。再会を果たしたレオはダイアナ様にどんどん惹かれていきました。私の様子を見にきがてら、ダイアナ様について頻繁に語っていました」

「レオがそんなことを……」

ソフィアは続けた。

「ええ。当の本人は、『恋ではなく、自分を救ってくれた聖なる者への憧れだ』と主張していました。けれども段々と、恋をしているとレオは気づいてしまいます。そうして、どうやらダイアナ様のほうもまんざらではなさそうだと――」

しかし、彼は自分のせいで娼婦になったソフィアに申し訳ないと自身の結婚は控えようと思っていた。だがソフィアから、『自分のことはいいから、初恋の女性と結婚したほうがいい』と告げられた。

「そうして、思い切ってレオはダイアナ様との結婚に踏み切ることにしました」

とはいえ、レオパルトは商人出身ということになっている。

せっかく結婚してくれることになったダイアナに、自身が貧民街出身だとは言うことができなかった。

過去の話だし、言う必要もないと。

ちょうど結婚式前後、ソフィアがグレイの子を妊娠していることに気づく。子どもを産みたいと願う彼女のためにも、レオパルトはどうにかしたかった。だが、身請け金は法外な値段になっていた。

「新婚早々、ダイアナに隠れて金を使いたくはないが致し方ない、とレオは金を工面してくれました。そうして身請けの交渉中、娼館《しょうかん》の主人がオズボーン卿の名を口にしたのです」

十数年前に娼館《しょうかん》の主人とオズボーン卿が手を組んではめたのだと、レオパルトとソフィアはそこで初めて気づいた。

「レオはこれまでの恋人や商売の邪魔になった出来事に、どうやらすべてオズボーン卿が絡んでいることに気づきました。なぜ執着されているのかわからないのですが、オズボーン卿がレオを不幸にしたいことだけは理解できました」

今のところ妻であるダイアナに被害は及んでいないが、これまでの経緯から何をされるかわからない。ダイアナの身の安全のために離縁も考えたレオパルトだったが、自分と別れたあとに娼婦に身を落とすことになった女性もいるぐらいだから、ダイアナはもっとひどい目に遭うかもしれない。

そのため、離縁は得策ではないと判断した。

「だから、私を莫大《ばくだい》な金で引き取る代わりに恋人のふりをすることにしました」

「わざわざどうして恋人のフリをする必要があったのですか？」

「オズボーン卿は裏であくどいことをしているわりに、どうも母子のことは神格化している一面があって、おそらくヨハンを宿した私に手を出してくることはないだろうという話になったのです」

「母子を神格化？」

「はい。その理由はわかりません。レオパルトは私と恋人同士のふりをすることで、オズボーン卿に対しては地位を得るためにダイアナ様と結婚したという印象を与えて、オズボーン卿がダイアナ様を狙わないように画策したんです」

そのため、あえてオズボーン卿の手下が見ているときを狙って、レオパルトとソフィアは娼館《しょうかん》の裏で抱き合うことにした。

「以上が私の知るすべてです。ダイアナ様やグレイが現場にいたのは、レオとしては想定外だったようですが」

「その、グレイ神父はどうして？」

「おそらくグレイが目撃していたことに関しては、兄弟仲をさらに悪くしたいオズボーン卿がわざと手下に誘導をかけさせたのかなと……」

一気にすべてを伝えたからだろうか、ソフィアは疲れた様子だった。

（レオは、わたしに危険が及ばないようにひとりですべてを抱えこんでいたというの？）

ダイアナは胸をぎゅっと鷲掴みにされたような心地がした。

（レオはわたしのことをいつだって最優先してくれていたのに、わたしは自分のことしか考えてなかった）

レオパルトの配慮に気づけなかった自分の愚かさに後悔の念が募る。

「ダイアナ様。レオと私の関係ですが、幼馴染とだけ聞いているのでしょうか？」

「え？」

ソフィアの問いかけに、一気に速くなった鼓動を落ち着けながらダイアナはコクリとうなずいた。

「私とレオは、ただの幼馴染ではありません」

そう言われ、ダイアナの心臓が大きく脈打ちはじめた。

（まさか、本当に恋人同士だったら……）

不安にさいなまれるけれども、ダイアナは即座にその考えを否定した。

（違う。レオはちゃんと、わたしのことが好きなはず。レオは異父兄弟であるグレイ神父の恋人に手を出すような人ではないわ。だとすれば、幼馴染以外になんだというの……？　でも悪い答えではないはずよ）

毅然《きぜん》と顔を上げたダイアナに向かってソフィアは告げた。

「母から誰にも口外するなと言われていたので、グレイには話さず、私とレオだけの秘密にしていましたが――」

彼女は続ける。

「私とレオは、父親が同じです」

「「え――？」」

ダイアナだけではなく、グレイ神父も声を出して驚く。

「貴族ではないが有名な人物だと、私の母が言っていて、絶対にほかの者には言うなと」

「ソフィアとレオパルトも姉弟だって⁉」

グレイ神父に至っては、驚きのあまり普段の穏やかさを失っていた。

そうしてソフィアはやれやれと言った調子で、唖然としているグレイ神父のほうを見る。

「グレイ……やっぱり、気づいてなかったのかい？　まあ、おかげでオズボーン卿への目くらましはできたかな」

「早く教えてくれたら、変な誤解はしなかったのに……」

「いやいや、それは今のあんただから言える話で、神父になる前のあんたが信じるわけないだろう？　卿にものすごく肩入れしてたんだからさ。今もオズボーン卿については半信半疑のくせに」

「ううん、だってあんな聖人のような人が、裏で君たちをはめてたなんて信じられないというか……」

「ほら見な」

グレイ神父は押し黙った。

ソフィアはダイアナに向き直る。

「さすがに姉弟であることは、レオからダイアナ様に説明してあると思っていたんですが……まあ、オズボーン卿にバレないためなんだろうけど、なんでレオは説明しなかったのか……本当に申し訳ございません」

ソフィアは落ちこんだ様子でダイアナに謝罪した。

（レオとソフィアさんも血が繋がっていたのね）

やたらとソフィアがダイアナにかまいたがっていたのは、弟の奥さんだから仲良くしたかったたからのようだった。

「ソフィアさん、わたしのほうこそいろんな誤解をしてごめんなさい」

女神のように美しいソフィアがにこやかに笑うと、まるで太陽のようだった。

(あ……笑ったらレオに似てる)

レオパルトの異母兄弟であるソフィア、異父兄弟であるグレイ。どちらもレオパルトに似ているところがあった。

「そうだ。ダイアナ様、こちらを……」

グレイ神父がレオパルトから今朝預かったという手紙をダイアナに手渡した。

「この手紙にソフィアにも伝えていない事実が書いてあると。妻であるダイアナ様に最初に知ってもらったほうがいいと言っていました」

「ありがとうございます、グレイ神父」

ソフィアとグレイ神父に手渡したという、レオパルトから自分に宛てた手紙。

それをダイアナは胸の前でぎゅっと抱きしめた。

(この手紙にレオだけが知っている事実が書かれている……この手紙を渡してきたということは、おそらく……)

これまでの流れからすると、レオパルトは因縁の相手であるオズボーン卿のところに決着をつけに向かったのだろう。

(どうしていつも、わたしに黙ってひとりで全部抱えこもうとするの?)

今までのダイアナはいつだってレオパルトの庇護下、真綿に包まれるようにして、安全な場所で過ごしてきた。

（だけど、わたしは守られるために妻になったんじゃないわ）

胸の中でくすぶっていた思いが沸々と沸き立ってくる。

（わたしはレオと一緒に歩んでいけるような……レオと並んで歩けるような、そんな夫婦になりたいの……勝手にひとりですべてを終わらせるなんて許さない……！）

ダイアナは唇を噛み締めると、まっすぐに前を見据えた。

「わたしはレオが向かっただろう、オズボーン卿が入院している病院へ向かいます」

グレイとソフィアがふたりして仰天していた。

「ダイアナ様、私は反対ですよ」

ソフィアが鬼気迫る表情でダイアナにつめ寄ってくる。

「そうですよ、もしかしたら、卿のところには行ってないかもしれないし」

グレイ神父も愛するソフィアの言うことを信じはじめているのか、眉をひそめながらそう告げた。

「オズボーン卿は私たちをはめたような男だ。レオを不幸にするためならなんでもやるような輩《やから》だよ。ダイアナ様に対して何をするかわからない。危険すぎる！」

「ダイアナ様、ソフィアの言うことを聞いてやってください」

ふたりには止められたが、それを振り払うようにダイアナは首を横に振った。

「いいえ、行きます」

「どうしてなの、ダイアナ様？」

ダイアナは唇をきゅっと引き結ぶと告げた。

「わたしはレオのことを知ろうとしていなかった」

「え？」

「ずっと本当の彼から逃げていました。そうして、彼はわたしを守るために自分を偽り続けてきました。だけど今度は本当の彼を知るため、いいえ、本当の彼を守るためにわたしが行かなければならないんです」

眉を吊り上げていたソフィアだったが、ふっと息を吐いて口元をほころばせる。

「わかりました」

「ありがとうございます」

ダイアナの胸中がぱあっと明るくなっていく。

「レオが話していた通り、ダイアナ様は、見た目は儚げだけど、それだけじゃない。芯の強い女性みたいだ。私が心配するようなことはないみたいだけど、さすがにひとりで向かわせたら、レオに叱られる。どうか連れの者を」

そうして商会の人々に付き添われながら馬車に乗り、ダイアナは隣の街まで向かったのだった。

ダイアナは、馬車の中でレオパルトからの手紙を開いた。

「レオの字ね……」

少しだけ右上がりの癖があるレオパルトの字だった。

ダイアナへ
二年前、ソフィアには伝えずに、心のうちに留めておいた出来事があった。

オズボーン卿は商売敵ではあるが、それは大人になってからの話。

しかし彼はそれ以前、幼少期のころから俺に執着を見せている。心当たりのなかった俺は探偵を雇い、裏の稼業の者たちの力を借りながら、真実にたどりついた。

……オズボーン卿は俺の実の父親だという。

つまるところ、ソフィアの実の父でもあるということだ。オズボーン卿はそうだとは気づいていないようだが。ソフィアも実の父の手で娼婦落ちしたなんて知りたくもないだろう。

彼は母子に絶大な憧れがあったようだが、自身の愛人関係にはだらしない人物だった。女性をとっかえひっかえして、相手の顔を覚えていないこともざらだったらしい。

唯一愛したのは、娼婦だった俺の母。

母は俺を生んだあと産後の肥立ちが悪く、亡くなってしまっている。そのため彼は俺のことを、愛する者を奪った者として嫌悪しているようだった。

実の子を陥れることもいとわない男。

自分にその血が流れていることが俺は恐ろしかった。

夫婦生活を続けていれば、いずれは子どもができるだろう。だが、自分も父親と同じ狡猾な面があると感じることがある。そんな血を継いだ子を君に産ませるなんて、怖くて仕方がなかった。

しかもこの時代、出産がうまくいく保証はない。君が死んでしまったら、俺は生きる理由がなくなる。子どもと引き換えに君が命を落としたら、自分も父親のように変貌するかもしれない。オズボーン卿のように、自分の血を継いだ子どもを目の敵にして、不幸に陥れようと画策するかもしれない。

自身の悪しき血を継いだ子を成さないためには、君に触れないほうがいい。

これまでの十数年、俺は君のことを陰でずっと見ていた。見ていただけで幸せだった。それが触れることができた。そんな数ヶ月のほうが奇跡だったんだ。君を抱くことができた日々を思い出すだけで、俺はもうほかの女性など欲《ほっ》しないほど充足していると自分に言い聞かせた。

さまざまな言い訳をして、すべて片がついてからいろいろなことを相談しようと、君を傷つけていることからは目を背けた。本当は、近くにいる君に触れられない日々は拷問のようだったが、それ以上に、君を失うことが怖かった。

触れられなくても、そばで過ごせる幸せを享受することにした。

そうして、二年の歳月が流れてしまった。

事故の直前、俺が下町出身であると告げたが、君は気にしていない様子だったので安心した。

いいや、それどころかうれしくてしかたがなかった。

どんな自分だったとしても受け入れようとしてくれる。

出会ったころ、少女だったころの君が目の前に現れたのかと錯覚してしまった。

そんな君に一緒にいたいと言われて、俺はオズボーン卿と決着をつける覚悟を決めた。

そうして、オズボーン卿本人に会いに行った。すべての決着をつけて、誰にも邪魔されないようになってから、何におびえることもなく、心の底から君を愛するために。

けれども、帰りの列車でオズボーン卿が追いかけてきて、口論になった。彼が機関室内で暴れ、挙句事故が起きてしまった。

証拠がないため、おそらくオズボーン卿は俺に罪を押しつけてくるだろう。それを避けるためには、何かしらの証拠を見つける必要がある。事故現場に向かったあと、オズボーン卿に会いに行くつもりだ。

仮に俺が列車事故の犯人として祭り上げられたとしても、君は俺と離縁すれば被害は少なくて済むだろう。

だが、問題はオズボーン卿だ。あの男は、あの列車事故でも生き延びてしまった。


「……っ！」

ダイアナは震える声で手紙を読み上げる。

「『生きている以上、あの男は俺を貶めるためになんでもするだろう。離縁しても君の身に危険が及ぶ可能性がある。実際に何度か君を見に教会へ足を運んでいる。』」

続きを読むダイアナの視線が忙しなく文字を追いかける。

「『だから、俺が警察に捕まる前に、たとえ相打ちになったとしても、オズボーン卿に会わなければならない』」

（レオ、どうしてあなたはそうやって、全部ひとりで……！）

屋敷から銃が一丁なくなっていることに、ダイアナは気づいていた。だからこそ、ソフィアの話を聞いて、レオパルトがオズボーン卿の元に向かったのだと思ったが、事実その通りだったのだ。

ぶるぶると震えが止まらず、喉がひりついて続きを口にするのがやっとになる。心臓がおかしな音を立てて、居ても立ってもいられなくなる。

（お願い。レオが犯人じゃないって、絶対に証言者が出てくるはずよ。だからお願い、馬鹿な真似はしないで）

眉根を寄せて険しい表情を浮かべていたダイアナは一度深呼吸をして心を落ち着けながら、続きを口にした。

「『列車事故を起こしたのは、オズボーン卿だ。そうして、俺は卿の血を継いでいる。やはり、ダイアナのように尊い女性に近づいてはいけなかったのかもしれない』」

読み終わったころには、ダイアナの瞳から涙が幾筋も流れていた。

（最後のほう、字が乱れてる……こんな悲壮な決意をひとりで抱えて……レオ……）

もしかしたらレオパルトを今度こそ失ってしまうかもしれない。恐怖が胸に巣食ってきて、足元がおぼつかなくなる。だけど、ここで崩れてしまったら、愛する彼を失ってしまう。

不安な気持ちを胸に押し隠して、ダイアナは気丈に前を見据えた。

病院へ到着したダイアナは、勢いよく馬車から降りる。フロアの受付にオズボーン卿が休んでいている場所を問いかけたが、当然教えてくれるはずもない。けれども、おそらく待遇のいい個室に入っているはずだ。

以前レオパルトが入院していた際に、ダイアナは病院の内部を把握していた。そこに向かうしかない。

（間に合って、レオ……！）

ダイアナは肺がつぶれるほど苦しかったが、必死に階段を駆け上った。

「勝手にわたしを理想化して、ひとりでいろいろ決めないで……！　夫婦なのに……！」

ダイアナのサファイアブルーの瞳から涙が零れた。心臓がうるさいほどに脈打っている。

「レオ……！」

見張りの者たちは交代なのか、個室の扉の前には誰もいない。

ちょうどそのとき、病室内から一発の銃声が聞こえた。

「レオ――!!」

勢いよく扉を開けた。慌てて個室に駆けこんだダイアナが目にしたのは。

「やめろ!!　オズボーン卿――!!」

窓から飛び降りようとするオズボーン卿を羽交い締めにするレオパルトの姿だった。

彼らの足下には、煙の上がっている拳銃が転がっていた。

「……邪魔をするな、若造が――!!」

神経質そうな顔を歪《ゆが》め、髭面《ひげづら》のオズボーン卿は叫ぶ。

レオパルトは髪を振り乱しながら、窓から飛び降りようとするオズボーン卿を止める。

「お前は……生き延びたのなら、亡くなった人々のためにも罪を償え……!!」

「死なせろ!! お前のせいで会社は倒産だ……!! その挙句、列車の大事故だ……!! どうしてお前は儂《わし》の邪魔ばかりする……!? 儂《わし》から愛する者を奪った小僧が……!! お前さえいなければ、アイシャが死ぬこともなかったし、会社がつぶれることだってなかった……!! なのに……!!」

「母だってお前が自分から死ぬ姿を見たいなんて思っていないさ……!!」

「この小僧が……お前にアイシャの何がわかるというんだ……!! 無理矢理恋人から引き離して、やっと手に入れたアイシャの何が……だが、彼女は儂《わし》を心から愛することなく死んだのだ。腹の中にいたお前には、あんなに幸せそうに笑いかけていたのに……そんな彼女だ、儂《わし》が死んだら喜びこそすれ悲しむなど……」

激高するオズボーン卿に向かって、レオパルトが静かに告げる。

「母はお前を愛していたはずだ」

「何を妄言を……!!」

「そうでないと……俺が生まれているはずがない。子を望まないお前の反対を押し切ってでも、わざわざ命がけで嫌いな男の子どもを産もうなんて思うはずがないんだ。そもそも、そんな男のそばにい続けたりはしない」

オズボーン卿は大きくわななくと急に脱力してしまい、一瞬、レオパルトの手の力が緩んだ。その反動でふたりの身体が傾き、開いた窓から外に放り出されかける。

「レオ――――!!」

ダイアナはとっさにレオパルトの脚にしがみつき、身体が落ちるのを防いだ。間一髪、三人はなんとかその場に踏みとどまる。

「ダイアナ!!　危ないから離れろ……!!」

だが、ダイアナはレオパルトから離れられなかった。

「嫌よ!!　レオはいつもひとりで勝手に決めて――!!　ひとりでなんでも判断して――!!　勝手にわたしを神格化して、距離を取って……!!　そんなの……わたしは望んでなんかない――!!」

レオパルトはアップルグリーンの瞳を見開いた。

「アイシャ……」

なぜかオズボーン卿までダイアナを見ながら目を見開いていた。レオパルトと同じアップルグリーンの瞳が、風に揺れる草葉のように揺れ動く。

(オズボーン卿までどうしたの……?)

銃声を聞きつけた病院の職員たちが駆けつけ、次第に人々が殺到してくる。レオパルトに抵抗していたはずのオズボーン卿は動かなくなり、医者や看護婦らが駆け寄ってきた。

レオパルトとダイアナは、部屋の中から廊下へ移動する。

「レオ……」

「ダイアナ……」

騒々しい中、ふたりはしばらく見つめ合った。

「ずっと……俺は君との対話を避けてきた……」

先にレオパルトがぽつりとつぶやいた。

「尊い君をオズボーン卿から守るという大義名分を掲げて、しっかり向き合うことからずっと逃げていたんだ」

苦し気な表情を浮かべながら語るレオパルトの姿を、ダイアナは黙って見守った。

「ダイアナ、俺はずっと君に嫌われることを恐れ、自分を偽り……そうして、本当の君が見えなくなっていたんだ。記憶を失っている間に、君と接したことで気づかされたよ」

彼の瞳がせわしなく揺れる。

「君は出会ったころから変わらない。俺がいなくてもひとりで立って未来を切り拓くことができる。そんな女性だった。俺が君のことを勝手に弱い君にして守っているふりをして、君を屋敷に閉じこめて、君に本当の自分を知られないように、自分の弱い心を守っていただけなんだ」

レオパルトは胸をかきむしりながら、狂おし気に訴えてくる。

ダイアナの心はきゅうっと疼《うず》いた。胸の前で手を合わせながらぽつりとつぶやく。

「わたしたち、似た者夫婦ね……」

「え?」

意図を測りかねたレオパルトのアップルグリーンの瞳が忙しなく揺れる。

「俺のような弱い男に、君と似ているところなんて……」

弱々しい声でつぶやく彼に対して、ダイアナは淡く微笑みかけた。

「だって、わたしも本当のあなたを知らないまま……いいえ、知ろうとしないまま、あなたと結婚して夫婦になっていたんだもの」

ダイアナのサファイアブルーの瞳に涙があふれる。

「わたしもずっと、女性たちの憧れという、自分の想像をあなたに押しつけて愛そうとしていたの。わたしのほうこそ、レオに愛される価値なんてなかったのよ」

するとレオパルトが声を荒げた。

「そんなはずはない！　君は俺にだまされていただけだ。優しい君が俺の嘘に付き合わされていただけなんだ」

ダイアナは首を横にふるふると振った。

「いいえ。わたしたちは似た者どうしよ、やっぱり。それぞれがお互いの虚像を勝手に作り上げて、存在しない人間に怯え……愛されようとしていたのよ」

ダイアナの頬を一筋の涙が伝う。

「ダイアナ……君は……あんたは……」

そんな彼女の涙を、レオパルトは拭った。

「本当に俺はあんたの何を見て、今まで生きてきたんだろうな。本当にあんたは昔から変わらずに聡明な人だ」

レオパルトの瞳にも涙が浮かんでいた。だけど苦しそうではなく、蕩けるような甘い笑顔を浮かべていた。

「ちゃんとしっかり向き合ってさえいれば、すれ違うことも勘違いすることも、ひとりで抱えこむことだってなかったんだろうにな」

そのレオパルトの話し方は少しだけ粗野で、記憶を失っていたころの彼を想起させた。

「ダイアナ」

「レオ」

ふたりはそっと抱きしめ合った。

抱きしめ合うと相手の体温が心地よくて、それだけで幸せに包みこまれるようだ。

しばらくすると、黒い制服を着た警察官たちも駆けつけてくる。

「警察が来たわね……取り調べが終わってあなたの無実がしっかり証明されたら、今度こそ、ふたりでちゃんと話し合いましょう」

涙をぬぐったダイアナだったが、レオパルトは何も答えない。

「どうしたの……？　レオ……？」

ダイアナにレオパルトがもたれかかってきて、ずんとした重みを感じる。

「何……？」

ぬるり――手のひらに嫌な感覚が走る。

「え……？」

レオパルトは床に崩れていく。

見下ろした彼の右側腹部からは血が流れていたのだった。

第八章　かつて私を愛した夫はもういない

ダイアナとレオパルトの四度目の結婚記念日となった。しかし、ふたりが愛し合った日数など、両手で数えられるかどうかだった。

今、レオパルトはダイアナのそばにはいない。

いつもは靄《もや》に囲まれた街も、今日は晴れ晴れとした青空が広がっていた。

出かけに立ち寄った墓に向かって、ダイアナは祈りを捧げる。

「どうか、天国で幸せに……」

誰かと一緒に過ごせる時間は永久ではないと、いやでも思い知らされる。

出先にたまたま通りかかったため、ダイアナは喪服を着ていなかった。紺色のワンピースだったので、墓にいてもおかしくない格好ではある。

「さて、教会に戻りましょう」

そうして、ゆっくりと道を歩む。

レオパルトとオズボーン卿との一件以来、しばらく気落ちすることもあったが、ダイアナは少しずつ明るさを取り戻していった。ただあのとき、記憶を取り戻したはずのレオパルトが少しだけ粗野な口調だったのが、心の中で引っかかっていた。

記憶を失って少年時代に退行したレオパルトも愛おしかったなと思う。

「レオ……わたし、あなたのことを忘れないわ」

ダイアナはそっとつぶやいた。

一度通りに出て、大通りを少し歩いたら教会に着く。今日は年配の方たちの前でオルガンを弾くことになっていた。

そのとき、ふと、人影が差した。

「ここは、君と初めて出会った場所だね、ダイアナ」

正面に立つ青年が声をかけてきた。

「――っ」

ダイアナは息をのんだ。

青年のアッシュブロンドの髪が陽光に照らされて光り輝いている。新緑のようなアップルグリーンの瞳は煌めいていた。

「レオ――――!!」

ダイアナの夫、レオパルトその人だった。

ダイアナは少しだけ伸びたプラチナブロンドの髪をなびかせながら、最愛の人のもとへ駆ける。

「やっと……無実が証明されたのね……!!」

ダイアナのサファイアブルーの瞳からは涙が零れる。

――オズボーン卿に撃たれたレオパルトは、しばらく生死をさまよった。列車事故のときのようにダイアナは再び彼を献身的に支え、その甲斐もあって回復した。

しかしまだ晴れぬ列車事故の容疑のために、回復してすぐにレオパルトは連行され、裁判となったのだ。

（レオの手紙の内容については、まだ本人から直接話を聞いていない。離縁状も、わたしが所持したまま）

裁判は半年近い時間を要した。

その間にオズボーン卿はひっそりと息を引き取った。彼は病に侵されていたそうだ。先ほど立ち寄っていたのは彼の墓だった。

オズボーン卿が亡くなって数日後、ダイアナのもとに謎の大金が舞いこんできた。最初はレオパルトの商会だろうと思ったが。

（おそらくオズボーン卿が残った財産を送ってくれたのね）

金の小切手と一枚の手紙が入っていた。

『愛しい女性の面影のあるあなたへ。いずれあなたが産むであろう、愛おしい彼女の孫へ』

ソフィアとグレイ神父のもとにも、謎の大金が送られてきたそうだ。

（オズボーン卿は母子への憧れがある人物だと言われていたもの……もし、レオのお母さんが生きていたら、レオとも仲のいい親子になれたのかもしれないのに……。オズボーン卿はヨハンくんを教会で見て、自分と愛する人の共通の孫だと気づいたのだわ）

推測しかできなかったが、おそらくそうなのだろう。

「ダイアナ、待たせてすまなかった」

「ううん、そんなこと、どうだっていいの」

ダイアナの瞳からは涙があふれて止まらないものの、自然に頬が緩んでいく。レオパルトの腕にそのまま飛びこみたい衝動に駆られたが、彼が抱えているものに視線を奪われた。

「ダイアナ、君にこの花束を」

彼の腕の中には大輪の赤い薔薇《ばら》が抱えられていた。

「約束……覚えて……」

レオパルトは寂しそうに微笑む。

「結婚記念日には、薔薇《ばら》を贈ると約束しただろう？　それとも、君に離縁状を送って事故の嫌疑までかけられた男じゃあ、もう嫌気がさしただろうか？」

「レオ……わたしは……」

「手紙に書いた通り、俺はずっと君をだまして生きてきた。いや、自分さえも偽って生きてきた」

彼は続ける。

「前も言っただろう？　本当の俺は中流階級の商人でさえない。貧民だったが、それでも君はいいと言ってくれた。なのに二年ぶりに教会で話し合ったとき、俺は君に嘘をついて誤魔化して……結局、肝心なことを隠したんだ」

「肝心なこと……」

それは手紙に書かれてあったことだろう、とダイアナは思う。

「俺は嘘をついてでも結婚して君を俺だけのものにしたかった。だけど、そのせいで君がオズボーン卿に狙われることになってしまった。グレイを通じて、オズボーン卿が君に接触していることに気づいた」

レオパルトは苦しげに眉をひそめて続けた。

「手紙に書いた通り、当時のオズボーン卿は俺とソフィアが姉弟だとは気づいていないようだった。だから、俺は本当はソフィアを愛していて、身分を理由に君に近づいたように見せることにしたんだ。だけど、そのせいで君の心を傷つけることになるなんて、考えもしてなかった」

「レオパルト、それはわたしも悪いのよ。ちゃんと、あなたに歩み寄らなかったから……わたしが大人になりきれなかったから、あなたがわたしを頼りたくても頼れなかったのよ」

「いや、君は悪くない。子どもなんていらない、君しか欲しくないと思って……自分の恋情だけを優先して、君との結婚にこぎつけた。結局は自分の欲望を優先してしまった。俺自身が未熟な子どもだったんだ」

彼はアップルグリーンの瞳をすがめながら続ける。心なしか震えているようにも見えた。

(レオのほうが大人なのに、叱られるのが怖くて怯える子どものようね)

そんな彼の不安が伝わってくるようで、ダイアナの胸もきゅうっと苦しくなる。思わず祈るように胸の前で手を組んでしまった。

「君とちゃんとした夫婦になれないという問題の本質から逃げるために、オズボーン卿に君が狙われて危険だと、忌まわしい血を引き継ぐ自分が君に触れてはならないと……父親である彼を口実にして、俺が君に触れるのを怖がっただけなんだ」

レオパルトは苦しそうに眉をひそめ、懇願するように訴えてくる。

「二年前の教会のときだって俺は怖気づいた。記憶を取り戻したときもそうとはいえず、最後まで君を愛することから逃げた」

彼の表情には苦悩が色濃くにじんでいた。

「レオ……」

レオパルトはダイアナをまっすぐに見据える。拳をぎゅっと握ると、その震えも落ち着いていく。熱を孕んだ真摯な眼差しに穿《うが》たれて、ダイアナは自分がその場に縫いつけられたように感じた。トクントクンと鼓動が高鳴って、彼が言わんとする言葉を聞きたくて、期待に胸が満ちていく。

「いろんなことを言い訳にしてきたけれど、ダイアナ……俺は君を愛している。自身のやれることから逃げずにひたすら想いを貫くことの大事さを、少女時代の君は俺に教えてくれた。あのときから、俺は君以外見えないんだ」

ふっと自虐的にレオパルトは笑うと、肩をすくめた。

「君を崇め、君と向き合うことを避けてきた俺じゃ嫌かもしれないけれど――」

身長は高いのに大きな子どものように見えるレオパルトのそばに、ダイアナはゆっくりと近づいた。薔薇《ばら》の花束にすぐに手が届く位置で立ち止まったあと、彼の頬にそっと両手を添えた。

「ほら、レオ……そうやってまた自己完結しようとしてる」

「ダイアナ」

ダイアナはレオパルトの顔を自分のほうに向けると、たしなめるように告げた。

「教会でも言ったでしょう？　どんなあなたでも、嘘をついたり、誤魔化したり、取り繕ったりするレオでも……少年時代に戻ったあなたでも、わたしはあなたを愛するわ」

ふっと顔をほころばせると彼女は続けた。

「レオ、あなたを愛してる。今度こそ、わたしたち、ちゃんとした夫婦になりましょう？」

そうして、ダイアナは幸福に満たされた笑みで、薔薇《ばら》の花束を受け取った。

レオパルトの瞳から一筋の涙があふれる。歓喜に震えた声音《こわね》が耳に届く。

「ダイアナ、ありがとう。君を妻にできて——君が妻で本当によかった」

震える指先でダイアナの顎《あご》を掴むと、ダイアナの頬に、おそるおそるレオパルトは口づけた。

久しぶりの柔らかな感覚に胸が躍ると同時に温かなものが拡がっていく。まるで、互いを遠ざけていた氷塊のようなものが、ほろほろと溶けていくようだった。

「さあ、帰ろう、ダイアナ。今度こそ本当の俺が本当の君を愛すよ」

蕩けるような笑みを浮かべたレオパルトが、花束ごと最愛の女性を抱きしめた。

「わたしもよ、レオ」

ダイアナの胸はまるで出会ったころのように高鳴ったのだった。

寝室で、ダイアナは月を見ながら考えていた。部屋にはレオパルトからもらった薔薇《ばら》の甘い香りが漂っている。

「どうしたんだい、ダイアナ？　浮かない顔をして」

目の前にレオパルトが姿を現した。

「少しだけ考えごとをしていたの」

レオパルトから頰に口づけられる。

「俺以外の男のことを考えてるのは、あまり気分のいいものじゃあないな」

その話し方にダイアナはぴくりと反応し、レオパルトのほうを振り向く。

「俺以外って……レオ、あなたのことを考えていたのよ」

「俺のことを？」

「ええ。記憶を失っていたころのあなたのことを」

「結局、雑な喋り方の俺も取り繕っている俺もどちらも同じ俺自身だ。ダイアナのおかげで自分でもそう思えるようになったよ」

太陽みたいに朗らかに笑う彼を見て、ダイアナは微笑んだ。

「そういうところ、ソフィアさんと姉弟なんだって思うわ」

「ソフィアに似てるって言われるのは釈然としないな……」

ダイアナが声をあげて笑っていると、レオパルトが髪を梳いてくる。

ふたりの視線が重なり、どちらともなく静かになった。

レオパルトが切望する。

「ダイアナ……君をちゃんと愛したい。いいだろうか」

「……はい」

レオパルトはダイアナを抱えなおすと、そのままベッドに運んだ。壊れもののようにそっと優しく寝かした身体の上にまたがったかと思うと、唇をふさいだ。久しぶりの口づけに、ダイアナは翻弄されてしまう。

「……あっ……んっ……」

彼の舌に歯列をなぞられ、ぞくぞくとした感覚がダイアナの身体を駆け巡る。しばらく優しく粘膜が触れ合っていたかと思えば、口の中を彼の舌が激しくかき回した。

性急なその求めに最初は戸惑っていたが、それほどまでに自分のことを求めてくれるのかと歓喜で胸が打ち震える。

卑猥なぴちゃりぴちゃりという水音が、藍色に染まった室内の中に響き渡る。

「あっ……レオ……」

「結局、三年前か、ダイアナを最後まで抱いたのは……三年ぶりに、君を堪能したい」

レオパルトの手によって、シュミーズドレスの紐がゆっくりと外される。肌をさらけだすたびに、ちゅっと音を立てながら口づけられていった。触れられた箇所が熱を帯びて、肌が淡く色づいていく。

「あいかわらず、透き通るように白くてきれいな肌だ。ほかの男の目には絶対に触れさせたくない」

「あっ……ゃあっ……んっ……ん……」

鎖骨から、なだらかなふくらみへ、丘を越え、くびれた腰へ、引き締まった腹部から、滑らかな肢体から、爪先まで――そうして、最後に蜜をあふれさせる淫泉へ。

レオパルトは余すことなく、ダイアナに口づけを落とした。

「君のすべてが俺のものだとわかるように、跡を残してしまおう」

「レオ……んっ……」

そうして時間をかけてドレスを脱がされ、ダイアナは生まれたままの姿になる。

三年ぶりに彼の前に裸体を晒すと、まるで初夜のように、緊張と期待とで胸がいっぱいになっていく。

「月の光の下で見る君は、格別にきれいだ」

蕩けるような熱視線を向けられると、ダイアナの心は少女のように高鳴っていく。

レオパルトが服を脱ぎ捨てると、たくましい体躯《たいく》が顕わになり、ダイアナの鼓動は高まる一方だ。

「ダイアナ、君が俺だけのものだと、もっと実感できるように触れていたい」

彼の長い指が彼女の肌の上をゆっくりとなぞると、全身がピクンピクンと跳ねあがった。

ときに彼の大きな手のひらが柔らかな胸に沈みこみ、ときに腹部や腰を撫でまわされ、ダイアナの身体は敏感に反応してしまう。

どれぐらい触れられているだろうか。このまま永遠に続きそうだと思うほど、前戯に長い時間をかけられる。

「あっ……レオ……いやぁっ……」

長時間に及ぶレオパルトからの愛撫《あいぶ》に、ダイアナは否定的な言葉を紡ぐ。だが身体は正直なもので、悦《よろこ》びで甘い蜜をあふれさせていた。一度、レオパルトがダイアナの肌の上から離れる。

「ダイアナ、君が嫌ならやめようか？」

「え……？」

うろたえるダイアナを見て、レオパルトは意地悪く笑った。

「嘘だよ。ダイアナは可愛いな」

結婚当初はそういう意地悪を言う人ではなかった。しかし、現在のレオパルトは心からの笑みを浮かべているようだ。少年時代に戻っていたレオパルトと現在の彼が、ダイアナには少しだけ重なって見える。

（懐かしい……記憶をなくしたころのレオのことを思い出すわ。記憶があろうがなかろうが、どちらも本当の彼だった……あの日々があったから、レオパルト自身が過去の自分を否定せずに済んで、本当の自分をちゃんとわたしに見せてくれるようになった。きっとこれから先は自分自身を受け入れながら、また新しいレオパルトになっていくんだわ）

嘘偽りのないレオパルトの姿を見ることができて、ダイアナの胸は幸福感で温かくなっていく。自然と笑みが零れる。

「本当のレオは、大人だけどちょっと子どもっぽいのね。きゃっ……」

レオパルトがダイアナの首筋に唇を押しあて、きつく吸い始めた。

「んんっ……」

柔肌にほんのりと赤い跡が残ると同時に、熱を孕んだ吐息を感じて、くすぐったくて仕方がない。見下ろすと、レオパルトから縋るような視線を向けられる。

「君に愛されたくて、年上の男性らしく振る舞っていたんだ。記憶を失っていたころの俺を君も見ただろう？　本当の俺は、君からの愛が欲しくてしょうがない子どもと何も変わらない」

そうして彼の手が彼女の腰から秘部へ向かう。

首筋を刺激されながら、先ほど口づけられた陰核周囲を指でいじられはじめた。

「ああ、こんなに硬くなって……君に触れられるだけで幸せなのに、君も俺のことを求めてくれているんだと思うと堪らなく幸せだよ」

「あっ……ぁやん……レオ……」

まるでリンゴのようにダイアナの肌と芽が赤く染まっていく。

「赤く染まる君は、まるで薔薇《ばら》のようにきれいだ」

しばらくいじられ続け、ダイアナは容易に絶頂に到達してしまった。

「ああっ――!!」

滑らかな裸体がピクンピクンと震える。よがる両脚の間からは、いやらしい愛蜜が大量に零れだす。レオパルトが愛おしそうに蜜の中で指を泳がせたあと、流れる甘露を零すまいと長い指ですすりあげる。

自身の蜜を飲み干す音が聞こえ、恥ずかしくて耳をふさぎたかったダイアナだが、果てたばかりで腕を持ち上げられないぐらいに脱力していた。

「ダイアナ、大丈夫か？」

レオパルトはダイアナの髪を梳くと、耳元で甘くささやく。

労わってくれているのがよくわかる優しい彼の声音《こわね》に、ダイアナの心臓はドキンと高鳴った。

「ええ……大丈夫」

「君は疲れているのに……すまない。俺は子どものようだ。どうしても自身を制御できそうにない」

レオパルトの大きな手が、ダイアナのふたつのふくらみを包みこむ。しなやかで長い指が彼女の赤く色づいた柔肌に沈みこみ、乳房を変形させる。

「こんなに弾んで、きれいだ……」

「あっ……んんっ……やぁっ……」

達したばかりのダイアナの身体は、レオパルトの指使いに翻弄され続ける。そんな中、膝を曲げた状態で開脚させられた。はしたなく愛蜜があふれ続ける口がレオパルトの目に晒されてしまう。

「そんなに見ないで……」

「こんなにきれいなダイアナを見ないなんて、俺には無理だ。それと……」

ダイアナがレオパルトの両脚の付け根に視線を移す。膨張しきった熱塊の先端からは、先走りの雫が滴り落ちていた。

「君を前にすると、どうしようもなく少年に戻ったような気になる」

「あっ……」

驚きに目を見開いたダイアナだったが、しばらくすると瞳を潤ませながらレオパルトに返す。

「どんなレオでもわたしは受け入れられるから……」

「ありがとう」

少年のように顔を綻ばせると、ますます記憶を失ったころの彼を思い起こさせた。

そうして、淫扉に巨大な鉄杭の先端があてがわれた。頑なな扉の中へ受け入れてほしそうに、ぬるぬると先端が這いずりまわる。

「ここに触れただけで果ててしまいそうだよ……」

「あっ……ああっ……レオ、そんなに焦らさないで……」

焦らされ続ける扉からは愛蜜が流れ続けた。蜜はぬるぬると杭を絡めとっていく。

「悪い。困ったように俺を見ている君が可愛くて意地悪してしまった。三年ぶりに、やっと君とひとつになれる」

「レオ……」

ダイアナの中に緊張が走る。記憶を失う前後のレオパルトから全身への愛撫《あいぶ》は受けてきたが、侵入自体は許していなかった。

獣のような獰猛《どうもう》な猛《たけ》りが、ダイアナの檻を破壊して突き進むときが迫ってくる。鼓動がどんどん高鳴っていく。そうして、充血しきった楔が一気に扉を穿《うが》つ。

「ああぁっ……!!」

三年ぶりに男性を受け入れるダイアナの身体は大きくのけ反った。

まるで初めてのころのような衝撃が襲ってくる。しかしあのときとは違って、痛みよりも器官が粘膜を這う快感のほうが強い。成長する草木のように侵入を続ける淫茎に対し、まるで生娘《きむすめ》のように花弁がぎゅうぎゅうと吸いついた。

「まるで俺を阻むみたいに締まってきついな」

「んっ……あっ……阻んでなんか……ああっ……」

ダイアナはレオパルトの背に必死にしがみついた。快感に意識が揺蕩《たゆた》っていると、ついに巨根の先端が最奥まで到達する。

(レオが……中に)

レオパルトが熱い息を吐く。そうしてダイアナに一度口づけた。懇願するような声音《こわね》でレオパルトがささやいてくる。

「……ダイアナ、離れていたとき、ずっと君を抱けずにいてつらかった。やっとまた、君を全身で愛することができる」

レオパルトは再び彼女の唇を何度か吸う。

ふたりは繋がりあったまま、熱い吐息を交わした。漏れる息で互いの名を呼び合う。

「んっ……ふっ……あっ……レオ……」

「はあ……ダイアナ……きれいだ」

情熱的に口づけを交わしながら、レオパルトが腰を揺らしはじめると、子宮が激しく揺さぶられた。その腰の動きに合わせ、ダイアナの腰も怪しく揺れ動く。

「あっ……ああっ……あんっ……あ……」

「……すごく締まって、俺を離そうとしない……」

結合部からは、ぐちゃんぐちゃんと激しい水音が立つ。

ダイアナの下腹部の奥がキュウッと締まる。

「あっ……レオ……はしたないかもしれないけど……んんっ……気持ちいい……あっ……」

「俺もだよ、君が必死に絡みついてきて、最高の気分だ……」

蜜溝の奥を欲棒がかきまわし続け、先端が奥深くを何度か強く襲った。レオパルトの腰が振れるたびに、ダイアナはあえぎ続けた。

「あっ、ああっ、はっ、ああっ……」

「ダイアナの悦《よろこ》ぶ顔が……ますます俺をおかしくさせる」

レオパルトの腰つきが変化する。熱くて硬い肉杭が肉扉に向かって抽送をはじめた。肉壁が肉棒にこすり上げられ、ダイアナは嬌声をあげるしかない。

「あっ……レオ……ああっ……激しいっ……あっ、あ……!!」

激しい腰使いによってダイアナは快楽で気が遠くなりかけた。

先ほどまで愛の言葉をささやいてきていたレオパルトだったが、昂りすぎているのか、断続的な吐息をもらすだけになった。

ふたりの恥骨が激しくぶつかり合うと同時に、肌同士がぱちゅんぱちゅんと艶《なま》めかしくぶつかりあう。ふたりの重なり合った身体は前後に激しく揺れ動いた。

窓から差しこむ月明かりでできた夫婦の影が、陽炎《かげろう》のようにいやらしく揺らめく。

「……ああっ……あ……!!」

ベットがぎしぎしと激しく音を立てる。ふたりの結合も深まり、ぐちゃぐちゃと鳴り響く。

ダイアナの意識はいよいよ快感でおかしくなりそうだった。

「はっ……んっ……あっ……あっ……ダメっ……レオっ……わたしっ……」

「ダイアナ……君の中に、すべてを解き放ちたい」

「レオ……来て……レオっ……」

ダイアナの身体が、レオパルトのたくましい上半身に引き寄せられた。狂おしいほどに強く、先端が膣奥に押しつけられる。

そうして、大量の精がダイアナの奥へ濁流のように注ぎこまれた。

三年ぶりに注がれた精は、かつてないほど濃厚に膣内を満たしていく。

「ダイアナ……」

促迫した呼吸を整えながら、レオパルトが何度も何度もダイアナの唇を奪った。

結局、精はダイアナの身体の中には収まりきらず、結合部からどろりとした白濁液があふれ出した。両太ももの間をじわりと熱い液が伝う。

「愛しているよ、ダイアナ」

彼女の髪を愛おしそうに撫でながら呼吸を整えたレオパルトは、真摯な眼差しでダイアナを穿《うが》つ。

「俺の初恋の女性、もうずっと昔から、君以外見えていない。だけど、これからはちゃんと君と向き合って、そうして、理想化した君じゃなくて君自身を愛していくよ」

レオパルトのアップルグリーンの瞳が揺れ動く。

「レオ、わたしに偽らないあなたを見せて。わたしもあなた自身を愛すから」

そうしてまた、ふたりは深い口づけを交わす。

その晩、偽りのない自分たちをさらけ出し、夫婦は、互いを理解しなおすように繋がり、会えなかったときを埋め合うように、互いの身体を情熱的に求めあった。

(ずっとすれ違っていたわたしたち夫婦――レオパルトが見ていた妻も、わたしが愛した夫も、互いが作り出した虚像だった)

「かつてわたしを愛した夫はもういないわ……」

(だけどこれからは、偽らない。新しいわたしと彼で、愛し愛されながらともに生きていく)


近代の歴史的な大富豪として名を残すレオパルト・グリフィス。国の経済に大きな影響力を持ったとされる彼の隣では、愛妻ダイアナがいつも笑顔で暮らしていたという。

彼らの子どもたちも資産家として名を馳せ、グリフィス家の繁栄は続き、子孫たちは今の経済界にも顔を出している。

番外編　かつて私を優しく愛した夫はもういない

第一章　かつて私を優しく愛した夫はもういない

四回目の結婚記念日、三年ぶりにレオパルトと身体を重ねたダイアナだったが、最近いくつかの悩みがあった。


夫婦が暮らす屋敷にて。

使用人からレオパルトの帰宅を告げられたダイアナは玄関へ向かう。ミツバチの巣型のドアノブに手をかけて、おそるおそる扉を開いた。

「ダイアナ、会いたかったよ」

少年のように瞳を輝かせたレオパルトがそこに立っていた。

キャメルのオーバーフロックを羽織った彼の後方には、灰色のラウンジスーツを身にまとった数名の男性――レオパルトの経営する商会の部下――がずらりと並んでおり、それぞれ何かを手にしていた。

「レオ……！」

久しぶりに彼が帰ってきてうれしくなって、ダイアナの頬が自然と緩む。

レオパルトはダイアナに近づくと髪をひと房手に取り、ちゅっと口づける。そうして満面の笑みを浮かべたまま告げてきた。

「忙しさで会えなかったぶん、君にプレゼントを贈りたいんだ」

「レオ……」

ダイアナはうれしい反面、プレゼントに対して困惑していて、複雑な気持ちを抱いていた。

「さあ、こっちだ」

ダイアナはレオパルトに手を引かれて応接間へ向かう。

後方に並んでた男たちも移動すると、彼らはいっせいに箱からいろいろなものを取り出し、木彫細工を施した球根脚のテーブルの上に置いていった。

可愛らしいボンネットやヘッドピースに花飾り、フリルで装飾された日傘、オペラパンプスなど、心躍らずにはいられない多種多様なプレゼント。

贈り物それぞれについて、レオパルトが説明をはじめる。

「これは、老舗ジュエリーの新作……ダイアナの瞳のように美しいサファイアのペンダント。こちらは隣国から輸入したエメラルドのブローチ……俺の瞳の色を強くしたような宝石だね、君につけてほしい。こっちは、ペリドットが模してあるバレッタで……」

（すごくきれい……）

テーブルの天板の上には色とりどりの宝石が輝く。

宝飾品の美しい煌めきにダイアナはうっとりしてしまう。

（世の中には、まだわたしが知らない宝石がたくさん存在しているのね）

さっとレオパルトがダイアナの髪にペリドットを模したバレッタを飾る。

「君によく似合う。きれいだ」

蕩けるような笑みを向けられると、ダイアナの心はドキドキと落ち着かない。

プレゼントはまだまだあった。

「君のアフタヌーンティーが楽しくなるように、ティーカップも新調したよ」

部下から箱を受け取ったレオパルトが、手ずから開封して見せていく。

「まあ……！」

カップの内側にまで薔薇《ばら》や金彩の細かい装飾の施された陶磁器はとても高価な代物だと、審美眼に疎いダイアナでも理解できた。

（こんなに素敵な食器に食事を盛ったら、すごく楽しい食卓になりそうね）

色とりどりの食事風景を想像して、ダイアナの胸が高鳴っていく。

「君にコーヒーを注ぐのが楽しみだよ」

レオパルトが爽やかに微笑むと、ますます鼓動が高鳴っていく。

「あと、ファッション・プレートで見つけたきれいなドレスを君の体型に合わせて仕立ててもらったよ」

綿モスリンで仕立てられたしなやかなシュミーズドレスだけでなく、愛らしい色のリボンやフリルの施されたバッスル・スタイルのドレスから、ティアード・フリルスカートのドレスまであるではないか。

（新作デザインの洋服……こんな最先端の洋服を着られるなんて……！）

「俺が頼んだけど、きっと君にぴったり合うはずだ」

基本的には仕立て屋に行ってドレスのサイズを合わせて購入するが、どうやらレオパルトはダイアナの体型をしっかり把握しているようだった。

（サイズもわたしにぴったりだし、今度友だちに会いに行くときに身に着けようかしら、それとも、今度の社交界で……？）

まるで少女のように心ときめかせていく。

「さあ、ダイアナ、どうだい？」

レオパルトは得意げに胸を張った。

「レオ、ありがとう、プレゼントをこんなに……」

贈り物に心を奪われかけていたダイアナは、ハッとした。

（いけない、ダイアナ、落ち着くのよ）

そうしてレオパルトをじっと見据えると、心を落ち着かせながら伝えた。

「レオ……出張に行った帰りにプレゼントを贈ってくれるのはうれしい。だけど、そんなに買ってこなくていいのよ？」

そんなダイアナに、端整な顔立ちを歪《ゆが》めながらレオパルトが問いかける。

「そんな……ダイアナ、俺の贈り物が迷惑だというのかい？」

本来のレオパルトは野性的な印象のある青年だが、今はがっくりと肩を落とし、叱られた子犬のようにしょんぼりとした様子だ。

(う……そんな顔をされると弱いわ。だけど……)

ダイアナは意を決して宣告した。

「こんなにもらっても、しまう部屋がもうないのよ!!」

そう、レオパルトからのプレゼントの数があまりにも多すぎて、屋敷の部屋中をふさぎかねない勢いなのである。

「これ以上もらっても、毎日朝昼晩着替えたとしても、着こなせない。だから、もう買ってこないでちょうだい、レオ!!」

ますますしゅんとした様子でレオパルトは口を開く。

「わかった……ダイアナに嫌われたくないから、我慢するよ……」

しぶしぶ納得した様子に、ダイアナは胸をなでおろす。

(よかった。これでプレゼント問題は解決かしら? あとは……)

彼女の悩みはまだあった。

部下たちを見送ったあと、使用人に入浴を勧められたダイアナは浴室にいた。

琺瑯《ほうろう》びきの金属の装飾が施され、上部の縁がカーブした形の浴槽からは、ふわふわとシャボン玉が飛んでいる。石鹸の爽やかな香りが浴室内を満たしていた。

シャワーのざあざあという水音が響く合間に、さえずる声と激しい水音が聞こえていた。

「あっ……っやぁんっ……あっ……あ……レオっ……」

立ったままのダイアナの背はタイルで覆われた壁に押しつけられていた。何に押しつけられているのか、それはもちろん。

「っ……ダイアナ。ああ、もう寝室まで我慢できない」

夫、レオパルトのたくましい身体にだ。

ダイアナが入浴中に、なぜか彼も裸で浴室に現れたのだった。

長身痩躯のレオパルトの身体に、ダイアナは包みこまれてしまっている。豊満な胸はぐにゃりと、彼の厚い胸板に押し潰されてしまっていた。

断続的にシャワーの湯は放出されて、夫婦の身体をぐっしょりと濡らしてくる。ふたりはすでに全身ずぶ濡れだ。

ダイアナのプラチナブロンドの髪や、レオパルトのアッシュブロンドの髪から幾筋もの水滴が流れ落ちていった。

濡れているのは肌だけではない。

「んっ……あっ……っやぁっ……」

とろとろに濡れきった秘部は、いきりたった局部に貫かれている。

「声を聞くだけで、俺の頭はおかしくなりそうだ」

レオパルトの熱い呼吸を、ダイアナの唇が感じとった。腕から逃れようとダイアナが少しだけ身体をよがらせると、シャワーの音以外にいやらしい水音が結合部からじゅぶんと鳴った。

「まだ離れたくないんだ……ダイアナ……頼む、もう少しだけ……」

ダイアナを逃すまいとする猛《たけ》りが最奥まで押しつけられ、ぐちゅんと音を立てる。

ダイアナの子宮が、キュウッと疼《うず》いた。

「あっ……あっ……レオっ……そんなに深くしちゃ……」

「もっと深く入りたいぐらいだ」

「あっ……ん、あっ、あんっ、あ……」

肉棒が膣道に侵入し、ゆっくりと動く。次に彼の両手がふたつのふくらみを鷲掴み、いやらしく蠢く。

「あっ……あっ……レオ……ああっ……」

しばらくすると、ダイアナの腹部に彼の腹部が打ちつけられはじめた。濡れた肌同士がぶつかり合い、ぱちゅんぱちゅんと音が響く。

膣道への抽送運動をじゅぶんじゅぶんと激しく繰り返され、膣壁が擦《こす》り上げられ、ぞくぞくとした感覚がダイアナの中を駆け巡る。その激しい腰の動きに耐えきれなくなってきて、レオパルトの広い背に必死にしがみついた。

「あっ……あん、あっ…ゃあっ……激しっ……ひあっ……あっ、あんっ、あ……」

シャワーと彼の猛《たけ》りの抜き挿しで、水浸しになったダイアナは快感に溺れていく。まるで獰猛《どうもう》な肉食獣が、肉壁を犯しているかのような激しさに頭がおかしくなりそうだった。

挙句、長い指が花弁に隠された芽を執拗にいじりはじめた。

いじられ続け、次第に芽は膨み、周囲の花弁もますます赤く色づいてきた。

彼の指と猛《たけ》りを、シャワーの湯が流れていく。

流れるのは湯だけではない。ダイアナの両脚の間を伝うシャワーの水に紛れながら、淫乱な愛蜜が流れ落ちていく。

「あっ……もっ……だめっ……レオ……レオ、っ……」

「ダイアナが果てる姿が見たい」

そのとき――

「旦那様、奥様。お湯浴みの時間が長いようですが、大丈夫でしょうか？」

執事が外から声をかけてきた。

（まさか!!）

ダイアナは動揺する。湯気の向こう、ガラスのあちら側に、ぼんやりと男性の姿が見えた。

「っ……!!」

今まさに、声をあげてしまいそうだったダイアナは必死に口をつぐんだ。

レオパルトもさすがに動きを止める……かと思ったのだが。

（な、なんで――？）

彼の腰の動きは激しさを増した。

「――っ、んんっ……!!」

挙句、淫核《いんかく》をいじる指の動きも勢いを増す。膣道と芽のふたつを同時に責められ、いよいよ我慢の限界がダイアナに近づいてきていた。

(このままじゃ、まずいわ‼)

シャワーの音で抽送運動の音はかき消されているが、このままでは声を聞かれてしまうだろう。

動揺するダイアナを尻目に、レオパルトが執事に向かって声をかける。

「もう少ししたら上がる。もう休んでいいぞ」

そう言うと、レオパルトの舌が必死にふさがれているダイアナの唇に割り入ってきて、深く深く口づけた。

「んんっ――‼」

そうして激しい抽送運動と、芽をいじられ続けたダイアナの身体がビクンビクンと揺れる。弓なりに反った背を水が流れ落ちていった。

執事はまだ近くにいるというのに、そのままダイアナの奥深くに湯よりも熱い飛沫がまき散らされる。

「んうっ――‼」

身体が跳ね動く間、レオパルトの唇にダイアナの口はふさがれたままだった。

扉が閉まり、執事が浴室の前室から出ていったころ、唇がゆっくりと離れる。

「はあ……は……」

口づけられたまま絶頂を迎えたダイアナの両脚はがくがくと震え、その場に立っているのがやっとだった。

そんなダイアナの濡れた髪を梳きながら、レオパルトは優しい口調で告げる。

「俺たちが愛し合ってるのを誰かに聞かせたいぐらいだ。けど、ダイアナに嫌われるのが怖くて我慢したよ」

「は……あ……レオ……」

息も絶え絶えにのぼせきったダイアナは、レオパルトに横抱きに抱えられた。秘部からはどろりとした白濁液と愛蜜が混じり合った液が流れ落ちる。

「ああ、きれいなのに可愛くて仕方がない」

レオパルトがダイアナの額にちゅっと口づけた。

「俺は自制が効かなくて困ってるよ。さあ、寝室に帰ってから、また続きをしよう」

その発言を聞いて、ダイアナは困惑した。

(レオが毎晩激しすぎて、身体がもちそうにないのよ！)

そう、これも最近の悩みだった。

(まさか、こんな……)

たしかに情熱的だと思ってはいたが、結婚してすぐのころの愛撫《あいぶ》は甘くて優しいだけだった。おそらく新婚当初は、経験の浅いダイアナに遠慮をしていただけだったのだろう。

「今日も君を眠らせないよ、ダイアナ」

(うれしいような、体力の限界のような)

数年前とは違い毎晩激しい夜を夫婦で過ごしていたのだった。その激しさは――

(うう……まさに野生の肉食動物……ハイエナ？　チーター？　いいえ違う……)

ダイアナは心の中で叫んだ。

(レオの愛称通りライオン!?　レオパルトの名通り、豹《ひょう》よ――!!)

レオパルトはダイアナに嫌われたくなくて、野生の本性を隠していたのだ。まさに猛《たけ》る動物のような求められ方、狙った獲物は離さない執拗さだとダイアナは心の奥底で悲鳴を上げる。

「そうだ、ダイアナ。今度、社交パーティがあって夫婦で呼ばれているんだが、そのつもりでいてくれるかい？」

「……うん、わかったわ」

ダイアナはレオパルトに困ったような笑顔で答えた。

「君と社交の場に顔を出せるなんて、俺はなんて幸せ者なんだ」

浮かれているレオパルトの様子を見ると、ダイアナももちろんうれしくなる。しかし。

「さあ、朝まで君を離さない。ダイアナ、覚悟してくれ、愛している」

(ひっ……!!)

レオパルトに愛されるのはもちろんうれしい。けれど、夜に眠れないのは正直勘弁してほしい。

そうして、喜々としたレオパルトから寝室に運ばれたダイアナは、一晩中、嬌声をあげ続けたのだった。

数日後、社交パーティの日。

夫婦はパーティ会場である貴族の屋敷へ馬車で向かっていた。

「さすが、俺の女神だ。プラチナブロンドの髪に紅いドレスが映える。いつもは可憐《かれん》な君が、今日は大輪の薔薇《ばら》の花に見えるよ」

レオパルトはダイアナに向かって太陽のように明るい笑顔を浮かべた。

(褒められるとまんざらでもないわね……)

正直大人っぽすぎるかなと思ったけれど、レオパルトがそんなふうに言ってくれるのなら、なんだか自信が出てきた。

今日のダイアナは紅いドレスに身を包んでいる。普段はパフスリーブで淡い色の可愛らしいドレスが多いが、今日は袖なしで襟ぐりも広く、裾も長い紅いものを身にまとっており、普段よりも大人びた印象が強い。

さらに長手袋をはめて、首元には小粒のダイヤモンドのネックレスをきらりと光らせている。

レオパルトのほうは、ボルドーのイブニングコートにセピア色のサイドストライプパンツを合わせて、洗練された身のこなしだ。

「いつもはこういうドレスは着ないから、ちょっと心配なんだけど」

眉をひそめながらダイアナは告げた。

レオパルトはサテンでできた金のショールをダイアナの肩にかけながら口を開く。

「ダイアナの新しい魅力を引き出す素敵なドレスだ。俺の贈ったものの中でも、最高にいいものだったと自画自賛してしまうな……本当に愛らしくて、美しさも持った妻だよ、君は」

レオパルトは恥ずかしげもなくダイアナに想いを伝える。

（こういう歯の浮くようなセリフは、結婚前からあったわね）

口説き文句をすらすらと言うレオパルトに対して、警戒心を抱いていた時代があった。それが二年間レオパルトに応えなかった一因でもあるわけだが、当の本人の口説き文句は変わらず続いているので、彼としては本心を伝えているのだろう。

記憶を失って少年時代に戻っていたレオパルトからすると、かなり乖離《かいり》がある。あのときのレオパルトだったら、こんな口説き文句を言うことはないだろうから。

（とはいえ、あのレオが今のレオに成長したわけだから……）

だが、商人生活を続けて明るい青年として振る舞っているうちに、社交的な人格もレオパルトのアイデンティティのひとつになったと考えるのが妥当なところだろう。

（大人になるって不思議）

結婚当初からすると、レオパルトの様子はだいぶ違う。

名を呼ばれ、隣に座っているレオパルトを見上げる。

「ダイアナ……」

レオパルトの大きな手がダイアナの頬に触れた。ロータス――植物や水と砂を連想させる――を思わせるような香水の香りが鼻腔をくすぐってくる。

端整な顔が近づいたと思ったときには、ダイアナの唇は彼にふさがれてしまっていた。

「あっ……はふっ……あっ……」

口づけを施されながら、馬車のふかふかとした革の座席へ身体を押し倒される。大人三人が座れるほどの広さなので少しだけ窮屈だ。

そうして、レオパルトの舌がダイアナの口の中の粘膜をゆっくりと這いはじめた。

「っあっ……レオ……ダメよ。ここっ、は、馬車の、中で……」

「しょうがない男だろう？　きれいな君を見ていたら我慢できなくなったんだ」

ダイアナは心の中で悲鳴を上げた。

そう、結婚当初と現在のレオパルトの違い。

（ところかまわず、こんな調子で身体を求められるのよ!!）

二年と言わず三年間、ダイアナを抱くことを我慢していたレオパルトは、場所も時間も選ばず、常に彼女を求めるようになったのだ。

「ちょっと、レオ……今からパーティがあるんだから、落ち着いて……」

「ああ、ダイアナ、本当にそうだね……こんなに狭い馬車じゃなくて、広い馬車にするべきだった」

（全然、話が嚙み合ってない!!）

耳を傾けているようで傾けていないレオパルトの唇が、ダイアナの顕わになった鎖骨を這っていく。

「あっ……んっ……ダメっ……ああっ……!!」

いつもより広い襟ぐりのドレスを着ていたがために、襟を少し下に下げられただけで、ダイアナの双丘がふるりと顕わになってしまう。

胸の谷間に移動していたレオパルトの唇が片方の丘を登り、頂を食んだ。

「ああっ……レオ……ゃあっ……!!」

レオパルトの口がぴちゃりぴちゃりと音を立てながら、ダイアナの赤い突端を舌で舐め転がす。

もう片方の先端は指でつままれたかと思うと、伸ばされたり、くにくにと動かされて、どんどん硬くなっていく。

「あっ……ああっ……んんっ……」

乳首をレオパルトの唇に含まれたまま馬車が揺れ動くので、その振動まで伝わってくる。車輪が石にぶつかると激しく車体が動いてしまい、ダイアナの全身もビクビクと震え、子宮がキュウッと締まった。

「んんっ……」

どれぐらいの間だろうか、ダイアナの両方の突起を散々しゃぶりつくしたレオパルトは、まるで豹《ひょう》のように次の狙いへ目標を変更する。大きな手がドレスの裾から侵入し、ダイアナの太ももを撫でまわす。

「……っ、あっ、レオ、待ってて……」

「肌に触れるだけで、こんなに乱れてくれるなんて……なんて愛らしいんだ、君は……」

ひとしきり脚への愛撫《あいぶ》を行ったあと、ダイアナの両脚が大きく開かれた。そのまま下着の上へレオパルトの顔が移動してくる。下着の上から、彼の舌が蜜口の付近で抽送運動にも似た動きをはじめる。

「あっ……ダメっ……そんなとこ……っ……」

乳首と太ももへの愛撫《あいぶ》によって、すでに濡れていたはずの下着に新たに蜜が染み出す。とろりと滑らかな素材でできたショーツはいまや愛蜜とレオパルトの唾液とで、ぐちゃぐちゃに濡れて汚れてしまっていた。

そのままショーツを乱暴に口で噛み切られた。

「さて……」

ダイアナが困惑していると、レオパルトの顔が離れた。

(下着が……!!　まさに野獣！)

「さて……」

(……よかった。もうすぐ到着よね……？　とにかく下着をどうにかしなきゃ……)

翻弄されて息が上がってしまったダイアナは、レオパルトを見上げる。

「レオ……」

しかし、ダイアナの予想は大きく裏切られた。

「……レオ？」

レオパルトはカチャカチャと音を鳴らしてベルトを外し、下衣の中から巨根を取り出した。淫根は天を向いてそそり立っている。

「そんな……出し入れされたら、わたし、これ以上声を我慢するのは——ひゃっ……」

薄い壁一枚へだてた先には御者がいる。

先ほどまでは馬車の揺れや車輪の音でごまかせるくらいの声で、なんとか我慢できていた。だが、欲棒に抽送運動をされでもしたら――

(絶対に声を我慢できない！)

硬い先端がぬるぬるに蕩けきった淫口へあてがわれる。

「ひゃっ」

先端からはじわじわと液があふれているのか、ぬるぬるぐちゅぐちゅと溝の間をスムーズに動いた。

「ダイアナ、君が我慢する必要なんてこれっぽっちもないんだ。君の可愛い声を聞かせてほしい」

「ちがっ……レオ――」

そうして、獣のように猛《たけ》る器官が淫泉へ勢いよく侵入してくる。

「ああああっ!!」

巨大な頭はダイアナの肉壁を擦《こす》り上げながら、先へ先へと進む。先端が潜り進むたびに、ダイアナは卑猥な声をあげた。

「君の中に入れると、本当に幸せな気持ちになれる」

「あっ、あん、あっ、ダメっ」

膣奥まで侵入しきったかと思うと、レオパルトの腰が雄々しく揺れ動きはじめた。

「そんな、しちゃ……レオ、あっ……」

ダイアナは必死に声を我慢しようとするが、馬車とレオパルトからの振動で子宮が激しく揺さぶられてしまい、淫《みだ》らな声をあげてしまう。

「御者に、聞こえ――あっ、あん、あっ、あ……」

「ああ、ダイアナ、そんなことを気にしてたのか？　俺たちは愛し合う夫婦だ。君の可愛い声が独占できないのは悔しいけれど、声が出るのなら我慢する必要はないんだよ。あ、でも、聞かせたくない気もする。どうしたらいいんだ、俺は……」

（どうしたらって……もちろん、やめるのよ、レオパルト!!）

しかし、その心の叫びは声にはならなかった。

「ああんっ、あんっ、あっ、あっ、激しっ……あっ、あっ、あっ……!!」

レオパルトの腰の動きの激しさは、よりいっそう増していく。

ふたりの結合部が、ぐちゃぐちゃと淫乱な水音を立てる。

揺さぶりは続き、ダイアナはもう声を我慢するどころの事態ではなくなった。動きの猛々しさについていけず、レオパルトの背に必死にしがみつく。

「もっと、君が満足できるぐらいに、君を犯したい」

「あっ……レオ……あんっ、あんっ……」

夫婦ふたりは重なりあって前後に動き、座席がぎしぎしと音を鳴らす。肉棒と肉壁はぎゅうぎゅうに吸いつき合っている。腹部同士がぶつかり合い、ぱちゅん、ぱんっ、ぱんっ、とぶつかり合う音が、ふたりの耳に届いた。

「ああ、また君が果てる姿が見られそうだ」

「あんっ、あんっ、あっ、ゃあっ、も、ダメ――レオ――」

淫《みだ》らで柔らかな花園への、猛《たけ》る侵略者の進撃はやまず、何度も抜き差しを繰り返されてしまう。ぐちゃぐちゃに犯されきった花園の入口からは、愛液と精が混ざったものがあふれ出して、脚からお尻の割れ目へ流れ、そのまま深紅のドレスを汚した。

ダイアナの頭の中がちかちかと明滅する。

「も、ダメっ……!!」

レオパルトのたくましい腕に抱きしめられたまま、馬車の振動とともに、ダイアナの身体はビクビクと揺れ動いた。胎内へ熱い精が大量に注ぎこまれる。彼女の腹部には入りきらずに、結合部からもじわじわとあふれ出した。

「はあ……本当に愛らしいよ、ダイアナ。最高の奥さんだ……」

果ててしまったダイアナは、言葉を発することができずにいる。

せっかく新調したばかりの紅いドレスは、ふたりの愛し合ったあとの液でぐちゃぐちゃに汚れてしまった。さらに、せっかく結い上げたプラチナブロンドの髪もぐちゃぐちゃに乱れてしまっている。

そんな彼女の髪を梳きながら、レオパルトはダイアナの額にちゅっと口づけた。

「もうすぐ到着だ。屋敷についたら部屋を借りて、新しいドレスに変えようか」

その提案にダイアナは黙ってうなずくことしかできない。

（ああ、絶対に御者に声を聞かれたわ）

しばらく御者と顔を合わせることができないなと、ダイアナは思った。そのとき、不穏な言葉をレオパルトが口にする。

「だけど、君がほかの男性と会話を交わすところを見ないといけないのか……想像するだけで嫉妬で頭がおかしくなりそうだ」

（え？　なんだか不吉な予感がする。わたしはレオに恋していた令嬢たちと会うことにまだ抵抗があるのに……それどころではない何かが起こりそうな？）

ダイアナはレオパルトの様子に一抹の不安を感じるのだった。

社交パーティのある貴族の屋敷へ、レオパルトとダイアナは到着した。

（始まる前からぐったりしてしまった……）

ダイアナとしては、レオパルトに愛されているのは日々実感している。ところかまわず求められるのだって愛情表現のひとつだと思ってはいるけれど、さすがに人目がある場所では少々困りものだ。

深紅のドレスがぐちゃぐちゃになってしまったダイアナは馬車の中で、今度は深海を思わせる紺碧のドレスに着替えた。

（先ほどまでのドレスと違って、襟元がつまっているタイプのものね。背中は開いているけれど……）

胸元に手を当てながら考えていると、レオパルトが現れた。

「ダイアナ、俺の見立てたとおりだ。その青いドレスも君に似合うね」

「レオ」

「あの紅いドレスはよかったけれど、ほかの男たちもたくさんいるパーティ会場にはふさわしくないからね。俺だけが見るのには最高だったよ」

レオパルトはどうやらダイアナの肌をほかの男性の目に晒すことを嫌がっているようだ。

(ここまで独占欲が強いなんて思ってなかったわ)

でも嫌ではなくて、自分だけが彼の特別なんだと主張されているようで、なんとなく悪い気はしなかった。

「でも、汚れてなかったら紅いドレスのままだったわけでしょう?」

ダイアナは、ふと気になったことを口にする。

すると、レオパルトは恍惚とした表情を浮かべて肩をすくめた。

「ああ、はじめから汚れるのは見越していたんだ。今も言ったみたいに、あの深紅のドレスは馬車の中での俺の観賞用なんだよ」

(――――?)

レオパルトの発言を聞いて、ダイアナの背筋にぞくりとした何かが走った。

(何かしら? この肉食動物に標的にされた草食動物のような気持ちは……)

なんだか危険な相手に掴まって、もう二度と逃がしてもらえない気がしてきて、うれしさと戸惑いとが胸の中に同居する。

これ以上考えると深淵にはまりそうな気がして、ダイアナはレオパルトの嗜好——もとい思考については考えるのをやめたのだった。

そうしてパーティのメインである舞踏会場へ、レオパルトに手を引かれながら、貴族たちの視線を一心に浴び続けて入場する。というよりも、視線を浴びているのはレオパルトだけではあるが。

(やっぱりレオと一緒だと目立つわね)

レオパルトは長身で引き締まった身体、野性味はあるが優し気な顔立ちの美青年である。えんじ色のテイルコートを颯爽と着こなしており、貴族と一緒でも見劣りがしないどころか、貴族以上に輝いていた。

とにかく、その場にいるだけで目立つ存在だ。そんな彼のもとにたくさんの貴族たちが集い、声をかけていく。

ダイアナにももちろん声がかかり、にこやかに対応する。仮面夫婦のような状態だったときとは違い、心から笑えることに内心でほっとしていた。

貴族たちに囲まれたレオパルトは、オズボーン卿との一件で裁判になった話を武勇伝のように語りはじめる。

(話上手ね。レオは逆境に強いわ)

話術がたくみだったのも、貧民街出身だった彼が富豪に成り上がることができた一因だろう。

ダイアナは喉の渇きを覚え、舞踏会場の隣にあるティー・ルームへと移動した。グラスに入ったシェリー酒に口をつけていると、くすくすと笑う貴族の女性たち三人に取り囲まれてしまう。

「あら、レオパルト・グリフィス様の奥方ではございませんこと？　お名前はなんて言ったかしら？」

「こら、ダメよ。伯爵家出身のお嬢様のはずなんだから」

（この人たちは、たしか――）

以前、レオパルトのおっかけをしていた令嬢たちだったはずだ。もう結婚しているかもしれないので、令嬢と言うよりも貴婦人と言ったほうが正しいかもしれない。

「なんの御用でしょうか？」

ダイアナは彼女たちを真っすぐに見据える。

三人はくすくすと笑ったまま、ダイアナに向かってわざとらしく話しはじめた。

「上流貴族とのつながりを持つために、レオパルト様はおとなしいあなたと結婚したって、社交界ではもっぱら噂でしたのよ」

「噂は本当だったようですわね……もう結婚して三年以上経つのに、お子様もいらっしゃらないのでしょう？」

口々に悪口を言われ、ダイアナの胸はズキンと痛んだ。結婚して二年間、悩まされた噂のひとつでもある。

（でも、わかってる。レオはこの人たちが言っているような理由で、わたしを選んだんじゃないんだって……）

とはいえ他人に言われると、胸の内がもやもやと落ち着かない。

「今も会場まで手を繋いでいらしたようですが、すぐにレオパルト様に放置されてしまいましたわね」

「美しくなく、なんのとりえも持たないあなたが、父親の爵位をちらつかせてレオパルト様に近づいたのでしょう？　本当なら、私があの方の妻になっていたはず……」

（なんのとりえも持たない……）

ダイアナの胸の内はしゅんとなった。たしかに彼女たちの言うように、父親の身分こそ高かったが、自分自身に誇れるものがあるかはわからない。

「ダイアナ！　こんなところにいたのかい？　捜したよ」

「きゃっ……!!」

突然、ダイアナの身体がふわりと宙に浮いて、視線が一気に高くなる。

「レオ……急に驚かさないで!!」

レオパルトがダイアナを高く抱きかかえたのだ。

爽やかな笑顔を浮かべているレオパルトに対し、ダイアナの胸はドキンと高鳴る。

（もしかしてレオは、わたしが彼女たちに取り囲まれているから助けにきてくれたのかしら？）

ダイアナの気持ちは少しだけ上向いたが、レオパルトは三人にも笑顔を向ける。

「ご機嫌麗しゅう。どうなさいましたか、ご婦人たち？」

レオパルトが現れたことで、三人が一斉に色めき立つ。

ダイアナの胸がまたも軋《きし》む。

（レオは社交的だから仕方ないけれど……わたしを悪く言う相手にでも笑顔を向けるのね）

仕事に関係することもあるだろうから仕方がない。けれどもダイアナは、レオパルトに少しでもかばってもらいたかったのだ。

（贅沢《ぜいたく》な悩みね）

しおれたダイアナに向かって、レオパルトが告げた。

「そうだ、ダイアナ。舞踏会場にピアノがある。せっかくだからみんなに聞かせてやってはどうかと思って、楽師に演奏を変わってもらうように伝えてあるんだけど？」

「え？」

レオパルトの提案にダイアナは困惑した。

「そんな、レオ……こんな舞踏会で聞かせられる腕前じゃないわ。あなたが恥をかいてしまう」

「君がどんな失敗をしようと、俺が恥をかくことはないよ」

そう促されて舞踏会場に戻ったダイアナは奏者と交代してもらい、黒革の椅子へ腰かける。

周囲の貴族たちは何がはじまるのかと注目し、三人の貴婦人たちはダイアナが恥をかくのを嬉々《きき》として見守っている。

（レオは何を考えているのかしら？）

「ほら、ダイアナ……いつも教会でオルガンを弾いているみたいに、リラックスして弾いてごらん」

後ろに立つレオパルトが優し気に声をかけてきた。

覚悟を決めたダイアナは、鍵盤に優しく触れる。

ポ――ン。

ポ――ン。

(やるしかないわ)

音慣らしをしたあと、ピアノを演奏しはじめた。選んだ曲は、以前レオパルトとともに観に行った楽劇で聞いた曲。

(たしか聞いた感じだと、こうだったわね)

頭の中に浮かぶ楽譜のまま音色を奏ではじめる。

「これは……」

舞踏会場の中がざわつきはじめた。

優雅にはじまった楽曲だったが、光と影を思わせるような音色には終わりが見えず、無限に続いていく。旋律は中断されることなく終始鳴り続ける。

楽劇を観たことがある貴族たちも多いのだろう。どよめきは止まない。男女の官能のうねりを想起させるような指遣いがその場を魅了していく。

次第に会場は静まり返っていき、繊細で大胆な音色のみが響き渡った。そうして、長かった演奏が終わるや否や一斉に拍手がわき起こる。

「素晴らしい!!」

「ブラボー!!」

拍手喝采が巻き起こり、しばらく賞賛の声が鳴りやまなかった。

(こんなに褒められるなんて……)

教会以外に人前でピアノの演奏をしたことがなかったダイアナは、予想外の出来事に目を白黒させた。

背後に立っていたレオパルトが、ダイアナの白い手を取った。

「君は、誰かを悪く言って自身を高めるような女性たちとは違う。そんな女性を私が選ぶことは絶対にない」

レオパルトは大衆向けの私という人称を用いて、周囲に聞かせるようにそう言った。

先ほどダイアナに悪口を言っていた貴婦人たちは、悔しそうに地団太を踏んでいる。

「俺は、おごらない君のこの指が……控えめな君が奏でる大胆な音色を愛しているんだ」

レオパルトが本心を伝えるときに使う俺という人称を用いて愛をささやいたあと、ダイアナの指にちゅっと口づけを落とした。

(レオ……)

すると、ひと際大きな拍手喝采の波が立った。

大衆の面前でも恥ずかしげもなく想いを伝えるレオパルトの振る舞いに、ダイアナの頬は紅潮していく。

貴族たちは一層の拍手を送ると、夫婦を取り囲んだ。

「素晴らしい。グリフィス夫人にこのような特技があったなんて」

「ダイアナ様、ぜひまた別の曲を！」

取り囲まれてしまい、ダイアナは困惑する。

（人がたくさんいる場はやっぱり馴染めない）

「ごめんなさい。レオパルト、わたし、ちょっと抜けるわね」

めまいを感じたダイアナは、そっと輪の中から抜け出した。会場内の人が少なくなった場所に向かっていると。

「ダイアナ様、あなたの音色に魅了されてしまいました。ご結婚されているのは知っていますが、できれば一曲、踊っていただけませんか？」

灰色の燕尾服に身を包んだ、柔和な顔立ちのハンサムな若い貴族の青年が声をかけてきた。

「え、えっと……あの……」

ダンスの申しこみなど、レオパルトにしかされたことがなかったダイアナは戸惑いを隠せない。

「申し訳ございません。ダイアナは恥ずかしがり屋なので、私としか踊れないのです」

レオパルトがおろおろしているダイアナを引き寄せた。口元は笑んでいるが、目が笑っていない。

青年はその様子を見て、しぶしぶといった様子で引き下がる。

「さあ、行こうか」

レオパルトはダイアナの手を引いて歩き出した。

（さっきまでと違って、なんだか急にレオの機嫌が悪くなったように見えるんだけど⁉）

「きゃっ――!!」

舞踏会場のすぐ脇にある薄暗い控室へ連れて行かれたダイアナは、小さな悲鳴を上げた。

壁を向いた状態でレオパルトに覆われ、紺碧のドレスから覗く背にたくましい胸板が当たり、ざらついた布の感触がした。

すぐ近くにある扉からは、舞踏会場の光が差しこんできている。

「レオ、どうしたの、こんな場所？　はやく会場に戻って――きゃっ……!!」

ダイアナの首筋を、突然レオパルトが吸いはじめた。

「んんっ……レオ……どうし……」

「君がほかの男と話しているのを見たら、なんだか嫌な気持ちになった」

「えっ？　んんっ――？」

レオパルトの大きな手が、ダイアナの腰から臀部《でんぶ》を撫でまわしはじめ、華奢な身体がピクンピクンと震える。

(ほかの男ってさっきの青年のこと？　あんなひと言だけ……喋ったうちに入らないような……)

背後から伸ばされた手が、ダイアナの乳房を持ち上げて揉みしだきはじめる。

「――っやあんっ、あっ!!」

開いたドアから紳士や令嬢たちの談笑が聞こえてくる。

すぐ近くではまだパーティが行われているというのに、レオパルトはダイアナへの愛撫《あいぶ》をやめようとしない。

「レオ……だめよ……あんっ……人が、いつ来るか……ひゃあっ!!」

レオパルトはダイアナの胸の突起をくにくにといじりながら、舌で彼女の耳をぴちゃぴちゃとなめはじめる。

下半身がキュウッと疼《うず》いて仕方がない。

「んんっ……レオ……聞いてっ……っあんっ……!!」

「ダイアナ、どんなときでも俺だけを見ていると言ってくれ」

後ろに立つレオパルトは、ダイアナの声など聞こえていないかのように行為を続行する。

いつの間にかドレスの裾を腰までたくしあげられて、ショーツを膝までずるりと降ろされると、脚の間から下着にかけて蜜がだらしなく糸を引いた。

ベルトをかちゃかちゃと外して取り出された巨大な淫頸が、糸を切るように彼女の臀部《でんぶ》の間から差し入れられる。彼女の両脚の間――秘部の上を巨根がぬるぬると移動した。

「ああっ……あっ……ああっ……んんっ……!!」

ダイアナは必死に口を手で覆ったが、どうしても声が漏れ出てしまう。

扉の隙間から、貴族たちが会場内を歩き回る姿が見えた。彼らが扉の近くを通るたびに、控室の中に影が差して暗くなる。

(こんなにすぐ近くに、たくさんの人たちがいるのに)

ダイアナは快感に疼《うず》く身体を必死に抑えようとするが、レオパルトの愛撫《あいぶ》は止まない。そうして昂ぶる獣の先端が的確に淫扉を捉えてきた。

「もう我慢できない。入るよ、ダイアナ」

「え、ちょっ……レオ、ひゃあんっ――!!」

背後から楔が花園を深々と貫いた。猛《たけ》る獣の頭は淫《みだ》らな園に咲く花を散らして回る。粘膜を這いずる感覚にダイアナはたまらず声をあげた。そのまま、先端が膣前壁をぬるぬると擦《こす》り上げる。

「動くよ、ダイアナ」

至極優しくて甘い口調のまま、レオパルトはダイアナの耳元でささやいた。じゅぶじゅぶと激しい水音を立てながら腰を揺り動かす。

「ひぅっ……あっ、あんっ、あっ、あ……」

ダイアナは背後からレオパルトの熱くて硬い杭に貫かれ、その場であえぐことしかできなくなった。

舞踏会場からオーケストラの荒々しい音色が聞こえてくるが、それ以上に彼の器官は昂ぶっている。

臀部《でんぶ》にレオパルトの恥骨が何度も激しくぶつかってきて、断続的にあえぐ。

「あっ、ひあっ、あっ、あ――」

肌同士がぶつかり合い、ぱちゅんぱちゅんと音を立てた。結合部は変わらず、じゅぶんじゅぶんと激しく音を奏でる。

オーケストラの演奏以上に激しい声や音を上げるふたりの様子に、誰かが気づいてもおかしくはない。いや、そもそも今まで誰もここに来ていないことは幸運にすぎない。

（ダメ……気づかれないように、声を我慢して……）

そう思うのに抽送は激しさを増す一方だ。快感が駆け抜けたり、息が漏れるのを我慢しすぎたのか、はたまた羞恥からか……頬は紅潮して全身は熱を帯び、じわじわと汗が噴きだしてきた。

ダイアナの汗蜜とレオパルトの肌がぶつかりあって、くちゃんぐちゃんと水音の激しさも増していく。

「君の奏でる音色も好きだけど、君のさえずる声も俺は好きだ」

ダイアナの耳元で、レオパルトは甘くささやいた。

「あっ、あっ、あ、あん、あっ」

耳が敏感にそのささやきを感じ取って、ぞくぞくと全身に快感が走る。

オーケストラの演奏も終盤にさしかかり、クライマックスを迎えかけている。

何度も何度も、ぐちゃぐちゃになるまで楔を肉壁に打ちつけられたダイアナの頭の中が、ちかちかと点滅しはじめた。

「あっ……ダメっ……もう、声、我慢できなっ」

（会場に聞こえ――）

「――ああっ――!!」

音楽が最高潮を迎えると同時に、客たちの拍手が鳴り響く。

同時にダイアナの臀部《でんぶ》に、ひと際強くレオパルトの腰がぶつかった。臀部《でんぶ》から秘孔へ向かって肉頸を強く押しつけられ、深々と差しこまれた先端から大量の精がほとばしり、ダイアナの園を淫《みだ》らに汚していった。

ちょうど演奏が終わって観客たちの大きな拍手が起こり、絶頂を迎えた声はかき消されたようだった。

（よかった……誰にも気づかれないうちに、終わったみたいね……？）

少しだけほっとしたダイアナの膝から力が抜ける。結合部からは泡が立っている。流れ出す愛液と精の混じりあったものが、両脚をゆっくりと流れていく。一部はぽたぽたと控室の絨毯《じゅうたん》へ落ちていった。

くずおれかけたダイアナの身体をレオパルトが後ろから抱きかかえる。

「ダイアナ、君の声がどんな交響曲よりも俺をおかしくさせる」

「レオ……」

「まだ、俺以外の男性を見ないと君の口から聞いていない。聞かせてくれないか？　君の可憐《かれん》な声で、君には俺だけだって」

ダイアナはぽつりとつぶやく。

「今は……無理よ……」

果てたダイアナは、レオパルトの願いを聞けそうにないぐらい疲弊していた。

「きゃあっ!!」

するとレオパルトの長い指が、蜜でぐちゃぐちゃに濡れている芽をちゅくちゅくといじりはじめた。

「俺の愛が足りなかったんだね、ダイアナ。もう一度君を愛しなおして……いいや、君が色よい返事をくれるまで愛し続けると誓うよ」

（えええええ――？）

「ちょっ……レオ……ちがっ……」

一度萎えたはずの肉棒が膨張して、みちみちと肉壁に再度吸いつきはじめる。

「誓わないでっ……落ち着いて……!!　ああっ……!!」

ダイアナへの愛撫《あいぶ》と欲棒の蜜口への出し入れが再開されたのだった。


結局、愛撫《あいぶ》は舞踏会の終わりごろまで続いた。

控室には誰も近寄らなかったが、主催者の貴族の屋敷に仕える執事が気を遣ってくれていたのかどうかは神のみぞ知る。

ちなみに、会場の主役となったダイアナを貶めようとした貴婦人たちの様子は一部の貴族に見られていたようで、彼女たちはしばらく舞踏会に顔を出せなくなったそうだ。そうして、ダイアナの演奏の様子を見た男性たちは、未婚時に彼女の魅力に気づけなかったことを非常に後悔したという。

一部のファンから送られてくるダイアナへの手紙を、レオパルトが握りつぶす。そのたびに、夜になると激しい求めがあるという繰り返しに、当のダイアナはしばらく気づいていなかったのだった。

第二章　かつてわたしを愛でた夫はもういない

ダイアナは、教会に併設された救護院を訪ねていた。

「わあ、おばあさん、すごくきれいです」

「こんなに上品にしてもらえて、ありがとうね、ダイアナちゃん」

慈善事業の一環で、ダイアナは身寄りのない高齢の婦人に対して化粧を施していた。

「こんなに素敵なドレスまでいただいて、本当によかったのかい？」

「ええ。レオも……夫もいいと言っていましたから」

チャコールグレーの上品なドレスをまとう老婦人に向かって、ダイアナは微笑んだ。

レオパルトからのプレゼント攻撃も最近はやんだものの、これまでにもらった数が多すぎた。屋敷の部屋ひとつが、服と化粧品の類《たぐい》でいっぱいになってしまったのだ。そのため、未使用品を教会へ寄付することにしたのだった。

（レオも、それでいいと言ってくれたし……）

レオパルトが快く了承してくれたので、ダイアナとしても安心だった。

今日は白いブラウスに、ココアブラウンの可愛らしいスカートのツーピースドレスを着用している。ブラウスの前開きにはふんだんにフリルが施され、首元にはリボンがついた可愛らしい印象のドレスだ。プラチナブロンドの長い髪は高い位置でひとつ結びにしていた。

老婦人のシワだらけでかさついた両手で手を包まれ、少しだけくすぐったく感じる。

「本当にありがとうね、ダイアナちゃん」

老婦人はまるで少女のように微笑んだ。

再び感謝されたダイアナは、自然と頰が緩み微笑んでしまう。

(救護院にいる年配の方には、お金がないからと何もせずに過ごして最期を迎えることが多いわ。けれど、やっぱり化粧をしたり、髪をきれいにしたり、お洒落《しゃれ》をしたりすると元気になるのね)

きれいになるのに年齢は関係ないとダイアナは最近よく思うようになった。老婦人とにこやかに談笑していると、急に後ろから誰かに抱きしめられる。

「きゃっ……!」

ロータスを思わせるような香水が鼻腔をついてくる。

「ダイアナ、帰ってきたよ」

優しくて甘い声の聞こえた後方を振り返る。

「レオ……!」

抱きしめているのは、もちろんレオパルトだ。身にまとうエクリュのフロックコートは、秋から冬にかけての移ろいを現しているようだ。

「あら、レオパルト様! ダイアナちゃんの旦那様は、本当に格好いいわねぇ……!」

老婦人が両手を頰に添えながら、うっとりとため息をついた。

「今日の装いも麗しいですね、まるで色鮮やかな薔薇《ばら》のようだ、ミセス」

レオパルトはダイアナを抱きしめたまま、老婦人に向かって美辞麗句を並べ立てる。男女関係なく誰をも蕩かせるような笑みを浮かべているが、彼の本性を知った今では、それをどことなく胡散《うさん》臭《くさ》く感じてしまう。

(レオったら、やっぱり口がうまいわね。商売のこともあるから仕方がないけれど……)

レオパルトが不実を働くような人間ではないことはわかっている。彼が褒めたのは、かなり年の離れた老婦人だし、嫉妬するのはお門違いということもわかっている。

(だけど、ほかの女性を褒めているのを耳にすると、ちょっとだけヤキモチを焼いちゃうかも……)

頭では大丈夫だとわかっていても、胸中ではモヤモヤしたものが広がっていく。

そのとき、レオパルトのダイアナを抱きしめる力が一瞬強くなった。

「けれど、私の心を支配しているのは、こちらの可憐《かれん》な花――ダイアナのようだ」

そうして、レオパルトはちゅっと音が鳴るほどわざとらしくダイアナの頬に口づけた。

「レオ……！」

ダイアナの頬が一気に紅潮する。

胸の中が歓喜で満たされていき、心臓がドキドキと高鳴って落ち着かない。

(人目もはばからずにこんなことをされたら、恥ずかしい。だけど……)

レオパルトからの愛情表現に対しての悦《よろこ》びのほうが勝って、うれしくて仕方がないのだ。

(レオに本当に愛されてるんだなって……うぬぼれちゃいそう)

ふたりのやりとりを見た老婦人の気分が、今度は一気に高揚した。

「まあまあ、ダイアナちゃんったら！　旦那様はあなたにベタ惚れじゃない！　私も、旦那が生きていたころは――」

しばらくの間、老婦人の夫との馴れ初めや惚気話を聞いたあと、レオパルトとダイアナは救護院を立ち去ったのだった。


帰り道、夫婦は自宅まで歩いて帰ることにした。

ふたりは手を繋いで、石畳の上を並んで歩く。手を包みこむレオパルトの大きな手を感じて、とても温かいと思う。

（またレオが見られてるわね……）

社交パーティのときのように、大通りを歩く人たちから視線を浴びていた。特に若い女性たちが彼を見ては、頬を赤らめてきゃあきゃあとはしゃいでいる。

（妻としては素敵な旦那様でうれしいような、心配なような……）

背の高いレオパルトを、ダイアナはちらりと見上げた。

視線に気づいたのか、レオパルトが悠然と微笑む。

「どうしたんだい、ダイアナ？　浮かない顔をして？」

「浮かない顔なんかしていないわよ……っ」

「……？」

レオパルトはにこやかだけれど、有無を言わさぬ視線を向けてきている。ちゃんと答えないと、きっと帰宅するまでこのままに違いない。

ふうっと一呼吸置いたあとに、ダイアナは前方に視線を向けながら返した。

「レオは目立つ存在だなあって思ってただけ……どんな人混みの中でもとにかく目立つから」

レオパルトはアップルグリーンの瞳を和らげながら尋ねる。

「やきもちかい？」

「や、やきもち……⁉」

指摘されて面喰らってしまったものの、それは図星で頬がかあっと赤らんでしまう。

「そう……なのかしら？」

「そうだよ」

結婚して三年以上経つのに、ほかの女性に嫉妬心を抱くなんて……

(嫉妬深い女だと思われてしまうかもしれないわ……)

真っ赤になったり青ざめたりしていると、にこやかな相好を崩さずにレオパルトが笑みを深めた。

「ダイアナ」

「なあに？　きゃっ……！」

額にレオパルトがちゅっと口づけてきた。

「どんな人混みの中にいても、俺の瞳に映るのは君だけだよ、ダイアナ」

「レオっ……！」

ダイアナはびっくりして、思わず口づけられた場所に手を添えてしまった。動揺した林檎のようにますます真っ赤に色づいていく。

「君のやきもちなら、いつでも大歓迎だ」

「外でこういうことをされるのは、恥ずかしいのだけど、レオ……」

一連のやりとりを見た女性たちの小さな悲鳴を、ダイアナは耳にする。とはいえ、きっとレオパルトの耳には届かないだろうということも、わかっていた。

「そうだ、ダイアナ。用事があるから一緒に来てほしい」

レオパルトに手を引かれ歩を進める。

そうして、たどりついたのは宝石店と布地屋——ドレスだけでなく帽子も取り扱っている——を展開している商店だった。どうやら上流階級の人々を対象にした店らしい。客が店に来て服を仕立てるついでに、宝石も一緒に見てもらおうという算段のため、宝石と布地を一緒に扱っているそうだ。

レオパルトは、でっぷりと太った店主と少しばかり会話をしたあと、ダイアナのほうを振り向いた。

「すまない。休日なのに、仕事の用事に君を付き合わせてしまって」

ダイアナは首を横に振った。

「いいえ、大事なことよ」

「ありがとう。優しいな、俺の最愛の奥さんは」

爽やかな微笑みとともに告げられると、またもやダイアナは動揺して恥ずかしくなってしまう。

「そうだ、ダイアナ、もう贈り物をたくさん届けるのはやめにするから……どうだろう？　ここで君の好みの冬のドレスを一式購入するのは？　まだ今年の冬のドレスは贈っていなかっただろう？」

レオパルトに言われ、ダイアナは首をかしげながら考えた。

「わかった。たくさん贈られても困るけれど、一式セットで購入するのはいいかもしれないわ」

そんな中、店主が汗を拭きながら話しかけてくる。

「レオパルト様、……今日は男手しかないのです。採寸ができないので、女性のドレスの仕立ては断っておりましてね。もし、どうしてもとのことなら、採寸は私がすることになるのですが……」

「店主が採寸、ですか？」

レオパルトは笑顔のままだったが、地を這うような声が聞こえ、なぜかその場が凍るような感覚に襲われてしまった。

「ひっ……」

殺気を感じたのか、店主が小さな悲鳴を上げた。

(レオったら笑顔のままだけれど、なんで急に機嫌が悪くなったの……？)

ダイアナが不思議そうに思っていると、レオパルトがふっと表情を和らげる。

「そうか、それは残念です」

レオパルトの変わり身の早さに、ダイアナは思わず目を何度か手の甲で擦《こす》ってしまった。

ドギマギした様子の店主が謝罪を口にする。

「レオパルト様、面目ない」

「いいえ、事情があるのだから仕方がありません。ただ、明日はまた仕事だから、ダイアナのドレスの新調が遅くなってしまうな」

顎《あご》に指を添えながら黙考しはじめたレオパルトに対し、ダイアナは声をかけた。

「レオ、気にしないでいいわ。去年、自分で購入したものもあるし……あと、そういえば」

そこまで言いかけてダイアナはふと違和感を覚えた。

（あれ……？）

これまでにもレオパルトからドレスを贈られてきたが、どれもサイズがぴったりだったことを、はたと思い出す。

「ねえ、レオ、どうしてあなたは――」

（サイズをばっちり把握していたの？）

そう尋ねようとしたダイアナだったが、一度うなずいたレオパルトが店主のほうに満面の笑みを向けると、思いがけない言葉を口にする。

「店主、でしたら私がダイアナの採寸をしますよ」

（ん？ 今、レオはなんて言った？）

ダイアナは一瞬、聞き間違いかと思った。

店主も怪訝な表情を浮かべながら、レオパルトに問いかける。

「レオパルト様が、ですか？」

「ええ、そうです。私は、若いころに仕立て屋で働いていたことがあって、採寸ができるのですよ」

それを聞いた店主は納得がいった様子でポンと手を打った。

「ああ、それなら！　レオパルト様にお任せしたほうがよさそうだ。ご夫婦だから、おかしなことはございませんしね。それでは、どうぞそちらの採寸室をお使いください」

「え？　え？　ええっ……？」

あまりの急展開に思考が追いつかない。混乱するダイアナの肩にレオパルトが手をのせる。

「さあ、行こうか、ダイアナ」

「ええっと、待ってちょうだい」

そう言ったが、有無を言わさぬ強さでレオパルトはダイアナを引きずりながら歩きだした。

店内のフロアからカーテン一枚へだてた先にある採寸室へ連れていかれた。大人が数名入れるほどの広さで、広すぎず小さすぎない場所であり、奥には全身鏡とトルソーも設置されている。

「あ、あの、レオ、あなた……」

「店主は悪い人ではないが、君の肌を見せたくなかったんだ」

「えっと……だから、その、別に採寸自体は後日でもよくって——きゃっ……！」

意見を言おうとしたダイアナだったが、突然レオパルトにぎゅっと抱きしめられたかと思うと、甘やかな声音《こわね》で告げられる。

「大丈夫、俺が正確に測るから安心してほしい」

「え、えっと……？　その、話を聞いている？　今、測らなくてもいいのよ？」

「ああ、すまなかったね」

レオパルトはダイアナの身体を解放したかと思うと、両手を広げて極上の笑みを浮かべた。

「さあ、ダイアナ、ドレスを脱いでごらん？」

少しだけ圧を感じたダイアナは、しばらくレオパルトを見つめた。

（にこやかな笑顔を崩さないけれど、この状態はてこでも引いてくれないわ）

ダイアナはきゅっと拳を握って覚悟を決めると、思い切って服を脱ぐことにする。まずは身にまとっているケープを取り、近くにあったトルソーにかけた。

「えっと……レオ、後ろを向いてほしいのだけれど？」

レオパルトからの視線を感じたダイアナは、羞恥を和らげるために提案した。

「今から俺がサイズを測るわけだから、脱ぐのを見ても見なくても変わらないと思うよ？」

「え、ええと……でも、恥ずかしいのよね、人前で脱ぐのは……」

「鏡に映るから一緒だよ」

「目をつぶったりとか？」

「採寸のときに結局見てしまうよ」

ダイアナは、こうなっては仕方がないと、今度はツーピースドレスのスカートを支えるベルトに手をやった。ベルトを外すと、しゅるりと音を立ててスカートが床に落ちる。

（シュミーズで隠れているけれど、生脚になってしまったわ）

レオパルトの視線がやけに太ももより下に向いている気がして、正直卒倒しそうだ。

「どうしたんだい、ダイアナ？　脱ぐのが大変なら俺が手伝おうか？」

「いいえ、結構よ！」

ブラウスのボタンに指をかけ、プツンプツンとひとつずつ外しはじめる。ボタンをすべて外し終わったあと、ゆっくりとブラウスの袖を脱いでいくと両上腕が晒される。

「ダイアナ、こちらに」

「ありがとう」

レオパルトがブラウスを受け取って、トルソーにかけてくれた。

そうして、シュミーズ姿になる。ほとんど裸に近い格好になってしまい、恥ずかしさで全身が勝手に火照ってしまう。

（うう、カーテン一枚をへだてた先が店内だと思うと、ますます恥ずかしいわ）

普段から夫婦生活を送っているわけだが、改めてレオパルトの前で下着姿になることには抵抗があった。

「えっと……これで大丈夫よね、レオ？」

普通、仕立て屋はシュミーズの上から採寸をするので、この格好で問題ないはずだ。

「ああ、完璧だ、ダイアナ。じゃあ、測るよ」

レオパルトは店主に借りたメジャーを懐《ふところ》から取りだした。肩を測定し、今度はバストサイズを測りはじめる。

「んっ……！」

なんだかやたらと乳頭部分が擦《こす》れてきて、ダイアナは声をあげてしまう。

（やだ……ただの採寸なのに、わたしったら……）

肩のときは手早く終わったはずなのに、やたらと動くメジャーに対して身体がピクンピクンと鋭敏に反応してしまう。なんとか声をあげないように、ダイアナは唇を引き締めて我慢をする。

「ダイアナ、先端が硬くなってせりあがって、このままじゃあ正確なサイズがわからないよ」

レオパルトにやんわりと指摘され、ダイアナの頬にさっと朱が差す。

「えっと……ごめんなさい……レオ……」

「俺の言い方が悪かった。気にしなくて大丈夫だ」

採寸のためにレオパルトが背に両手をまわしているが、やたらと密着してくるのでドキドキして落ち着かない。次にウェストからヒップのサイズを測るため、レオパルトの両手が背をゆっくりと這った。

「……っ……あっ……」

背を優しく撫でられてしまい、ダイアナは声をあげる。

（なんだろう？　やけにレオの手つきがいやらしい気がするのだけど……）

どんどん速くなっていく呼吸を落ち着けようとしていると、レオパルトがぽつりと告げた。

「やっぱり、下着の上からじゃあ正確なサイズがわからないな」

「え……？」

見上げたレオパルトの顔には愉悦が浮かんでいる。

「ねえ、下着を脱いでくれるかい、ダイアナ？」

目の前に立つレオパルトからの提案に、ダイアナはその場で硬直した。

（こんな場所で、わざわざ裸になる必要があるの……？）

レオパルトのアッシュブロンドの髪は、照明に照らされてキラキラと輝いていた。同時に、彼の瞳も同じくキラキラと輝いているではないか。

ダイアナは一旦息を吸うと、レオパルトに向かって告げる。

「あなたの厚意はうれしいけれど、さすがに公共の場で裸になるのは厳しいわ」

「大丈夫、この場所には俺しかいない」

即答したレオパルトに対して、ダイアナは一瞬たじろいだ。

「いいえ。そのカーテンを一枚へだてた場所に店主がいるわ。ほかのお客様だって、いつ入ってくるかわからないし」

「採寸中に、入室してくるような無粋な人ではないよ、店主は。それに、ほかの客は今はいないだろう？　来たら考えればいいだけだよ」

（……なんだか、いつも言いくるめられているような……）

ブラウスとスカートをさっと手に取ろうとしたダイアナだったが、レオパルトの大きな手にぱっと阻まれてしまった。

「ダイアナ、安心してくれ。俺が一緒なんだから」

営業や対談のときにでもしているのだろう、やけに爽やかな笑みをレオパルトは浮かべている。

（あなたが一緒なのが一番不安だと言ったら、さすがに傷つけそうね……）

美形のレオパルトだ。笑うだけで絵になる。この笑みにだまされてきた老若男女は数しれない。

（そもそもいつもジャストサイズのドレスを贈ってくれるし、わたしのサイズは把握していそうな気がするんだけど……）

そう思い至ったダイアナは、じっとりとした視線をレオパルトに向けながら、ふうっとため息をつく。

「その……屋敷に帰ったあとに使用人に測ってもらうのはだめかしら？」

「そういえば、使用人で思い出したんだけど……」

突然、レオパルトが話題を切り替える。

「屋敷の使用人の話だけど、君の話を聞く限り、どうやら口の軽い使用人がいるらしいね。今、執事と聞き取り調査を行っているところなんだ」

レオパルトは、先ほど以上に爽やかな笑顔をしているように見えたのだが。

「君の不安を拭い去るためにも調査を頑張らないと、ね？」

（さっきまでキラキラ輝いていたのに目が笑ってない。怖いわ）

ダイアナは何やらぞくりと寒気がして、腕に鳥肌が立った。

「そういうことで、さあ、採寸を再開しよう」

（そういうことでって、どういうこと？　使用人に採寸をしてもらう話が流れたわ……）

こうなった以上、レオパルトはどうあっても引かないだろう。観念したダイアナは、どんよりと眉尻を下げながら告げる。

「レオがそこまで言うのなら、あきらめて脱ぐわ……」

「そうか、よかったよ」

身につけていたシュミーズの肩ひもに指先を添える。

（レオに見られながら脱ぐのは恥ずかしいわね……）

肩紐を取り去ると、しゅるりと音を立ててシュミーズが絨毯《じゅうたん》の上へ落ちていく。さっと両腕で両胸を隠す。

「レオ……早くしてくれる？」

「わかったよ、ダイアナ。早くするから、さあ、腕をどけてごらん？」

レオパルトはダイアナの前にひざまずいた。

ダイアナが両腕をおそるおそる両横にやると、白くて弾力のある乳房がふるりと顕わになった。背に回っていたメジャーを持つ手が正面に回ってくると、肌に直接メジャーが擦《こす》れてピクンと反応した。

「あ……」

「ほら、まただよ、ダイアナ。とがってしまって正確なサイズがわからない。せっかくシュミーズを脱いだのに意味がないよ。ほら」

レオパルトはそういうと、ダイアナの赤いとがりをきゅっと指でつまんだ。

「きゃっ……！」

「ほら、元の柔らかいものに戻さないと……」

ふっと微笑んだかと思うと、くにくにと乳首を指でいじりはじめる。

「あっ……ちょっ……レオ……ゃあっ……」

ダイアナの身体は、白魚のようにビクビクと跳ね続けた。

「どんどん硬くなっていくよ、ダイアナ。元に戻らないのかい？　いやらしい身体だな」

「こんなっ、いじられたらっ……硬くなるに、決まってて っ……」

「どうして？」

何食わぬ顔でレオパルトは問いかけてくる。

「どうしてって、ひゃあっ……それに、いやらしいのは……あっ……ぁあんっ……！」

乳首をきゅっとひと際きつくつままれ、ダイアナは嬌声をあげる。

「ダイアナ、そんなに大きな声を出したら、店主が心配して覗きにくるかもしれない」

「そんなこと、言われても……っ……」

ひとしきり乳首をいじったあと、レオパルトがやれやれといった調子で告げた。

「仕方がないな、ダイアナは……もうこのとがったままの値を店主には知らせるよ。さあ、次は、ウエストとヒップだ」

レオパルトの手は無事に過ぎ去り、ほっと安心したダイアナだったが。

（よかった……）

「さあ、ダイアナ、次はショーツを脱ぐ番だよ」

「え？」

「ほら、早くしないと、店主を待たせてしまっている」

レオパルトから圧を感じて、ダイアナはたじろぐ。

「ほら、ダイアナ？」

「ねえ、レオ、絶対に必要がないと思うんだけど」

「君には一寸も違わぬドレスを与えたいんだ」

「裸で測ったのなら下着の値になるんじゃない？　一寸も違わないなんて窮屈で嫌よ」

「そんなことはないさ。君にぴったりの極上の絹でできた下着を作るためには必要なんだ」

これ以上何か告げても言いくるめられるだけだろう。内心あきらめて、思い切ってショーツに手をかけた。そうして、ゆっくりと降ろしていくと、とろりとショーツに銀糸が滴り落ちた。

（あ……やだ……さっき、レオに指で胸をいじられたから……）

蜜が幾筋も零れ落ちていく。あふれ出す蜜は、ショーツをぐっしょりと濡らしてしまっている。

「採寸をしていただけなのに、俺の奥さんは、はしたない人だ」

改めてそんなふうに言われ、ダイアナは羞恥で全身を林檎のように真っ赤にしてしまった。

「さあ、正確なヒップを測ろうか」

艶《なま》めかしい臀部《でんぶ》に腕を添えると、恥骨付近にメジャーをまわす。

「レオ……早くしてちょうだい……」

もう触れられるだけで、蜜が勝手にあふれ出てしまう。

「目盛りがよく見えないな」

「きゃっ……！」

レオパルトが秘部に顔を近づけてきた。驚いたダイアナはとっさに後ろに身体をよじると、背が全身鏡にぶつかってしまった。

「ダイアナ、動いたら測り終えることができないだろう？」

「だって……」

レオパルトがダイアナの秘部近くににじり寄ってくる。吐息がかかりそうなほど近くにいるので、いよいよ倒れてしまいそうだ。次は何をされるのかと警戒していたが、今度は何もされずにヒップを測定し終わった。

「さあ、これで終わりだ、ダイアナ」

（よかった……やっと終わったわ……）

ふうっとダイアナは細い息を吐いた。なんとか採寸は終わったが、まだ胸のドキドキは鳴りやまない。

「レオ、さあ、もう、出ましょう……ひあっ……！」

そのとき、秘所の近くに重みを感じて全身がピクンと跳ねた。

（今度はいったい何が……？）

おそるおそるダイアナは視線を下に降ろす。

「何をやってっ……」

なんと、レオパルトが脚の間に顔を埋めていた。そのまま彼が喋りはじめる。

「ああ、君からあふれる蜜が絨毯《じゅうたん》を汚したら大変だから、俺が掃除をしないといけないと思ってね」

「掃除ってっ……あっ……」

レオパルトの吐息が秘部にかかったかと思えば、蜜ごと溝をぺろぺろとなめはじめた。まるで忠犬のように、蜜をすべてねぶりとろうとしてくる。

「あっ……レオ……ゃあっ……ああっ……」

「太ももにまで流れてしまっているね」

そのまま蜜をずずと吸ったあと、両脚を流れる液へ舌を這わせ、余すことなくなめとっていく。

「……っあっ……レオ……ゃあっ……」

ダイアナは場所も忘れて、鏡の前でよがった。厚い舌がちろちろと肌を嬲《なぶ》ると、全身が沸騰しそうなほど熱くなっていく。ビクビクと身体がわななく。

「ああ、こんな場所でよがる君が可愛くて仕方がないな」

「やぁ、意地悪、しないでっ……」

——カランカラン。

店の扉が開く音が聞こえ、ダイアナは一気に身体を強張らせた。

（まさか……！）

「店主、新しい生地は届いているかい？」

青年の甲高い声に続いて、女性たちの声もがやがやと聞こえはじめる。

「私たち、楽しみにしていたんですよ」

ダイアナはハッとした。

「レオ……人が来たわ……！　こんなことをしている場合じゃない！　落ち着いて……ああっ……！」

レオパルトは行為をやめようとしないどころか、舌遣いが激しさを増している。

「レオ、聞いているの？　っ……あっ、ねえ、レオったらっ……」

すると、レオパルトが至極真摯な口調で告げた。

「ダイアナ、こんなに感じている君を見ていたら、もう我慢できないんだ」

「え？　何を言って……」

ひざまずくレオパルトを見下ろすと同時に、ダイアナは小さな悲鳴を上げた。

カーテン一枚へだてた先には客がいるというのに、レオパルトは下衣の中から巨根を取り出してしまっていたのだ。まるで少年のようにキラキラと瞳を輝かせている。

採寸室の中には、爽やかな甘さを放つレオパルトの香水の香りが漂っていた。

（いつになく、やる気に満ちてる……！）

店内では客の雑談がざわざわと聞こえる。

生まれたままの姿のダイアナは、レオパルトの発言と外にいる客の声で混乱してしまう。

「ちょっと、落ち着いて、レオ……！　きゃっ……！」

ダイアナは小声で抗議したのだが、抵抗むなしく腕を引かれ、ベルベットの絨毯《じゅうたん》の上にひざまずく格好となる。

「ああ、俺の可愛いダイアナ……早く君の中に入りたい」

（そ、そんな、そもそもすでに長い時間、採寸室にいるし、絶対に怪しい……！　先ほど店主が声をかけてきたし、いよいよおかしいことに気づかれちゃう……？）

ひとまずダイアナはレオパルトから逃げようと思い、四つん這いのまま赤ん坊のように絨毯《じゅうたん》の上を這おうとする。だが、それがいけなかった。

「きゃっ……！」

レオパルトの大きな手に、華奢な腰を掴まれてしまう。

「ダイアナ、わざわざ俺のことを考えて、こんな刺激的な体位を取ってくれたんだね……」

「そ、そんなわけない……ああっ……！」

レオパルトに対して双臀を突き出すような格好になってしまっている。

割れ目の間にぬるりと巨大な何かが当たる。もちろん、それはレオパルトの巨根だ。

「レオ……落ち着いて……！　ひゃっ……！」

「俺は落ち着いてるよ、ダイアナ」

ダイアナの背の上をレオパルトの身体が覆う。膨張して充血した局部が、臀部《でんぶ》の間にある溝の間でぬるぬると動いていた。

「だ、ダメ……店主やほかのお客様がいるんだから。ああっ……！」

「大丈夫だ。今いる人たちが出て行ったら、店は貸し切りにするから」

腰を動かすレオパルトは、さらりとそんなことを言った。

「あっ、あっ……貸し切り……？　んんっ……！」

（仮に貸し切りにするにしても、店主に声をかけないといけないんですけど……!?　）

花溝を欲棒に擦《こす》り上げられ、ダイアナの全身に快楽が走る。声が出そうになるのだけは必死に我慢した。

（というか、結局……今すでに人がいるんですけど!?）

ダイアナの考えもむなしく、レオパルトはどんどん先に進もうとする。じわじわと液をあふれさせはじめた先端が、蜜口にあてがわれた。

「ひゃっ……！　貸し切りにしても、だ、だめよ、レオパルト……！」

「大丈夫だ、この店の権利は俺が有しているんだから」

「そういう問題じゃっ……ああっ……ああ……！」

剛直に狭穴《きょうあな》の入口をじゅぶじゅぶと何度か貫かれ、思わず大きな嬌声を発してしまう。肉棒が肉壁をぎゅうぎゅうと押し広げていき、そのまま最奥まで到達してしまった。

「ふあ……あふ……」

「ああ、ダイアナの中は至福だ」

ダイアナの背に流れるプラチナブロンドの髪を手に取ったレオパルトは、ちゅっと口づける。

「ダイアナ、君が言いたいことはわかったよ。貸し切りじゃなくて、店ごと買い取ることにするから」

「あっ、ぁやあっ……だ、誰も、そんな話してな……ああっ……！」

聞く耳持たず、レオパルトの腰が動きはじめた。

彼女の桃尻と彼の下腹部の肌が、ぱちゅんぱちゅん、ぱんぱんとぶつかり合って音を鳴らす。互いの身体が前後に動き、乳房がたゆんたゆんと揺れた。

「んんっ、ひあっ、ぅ……」

後ろから鋼のような淫頸が、ぐちゅんぐちゅんと膣道を何度も何度も責めたてる。どんどん子宮が揺さぶられ、ダイアナの頭の中はぼんやりしていった。そんな状態でも必死に口をつぐもうとするが、どうしても声が漏れ出てしまう。

「ダイアナ……声を我慢しなくていいんだよ。大丈夫、ここで何があったか知られたくないなら、彼らを買収しておくから」

「それ、周囲に聞かれるの前提で話してない……!?」

「どうかな？」

レオパルトがクスリと笑んだあと、重なり合った夫婦の身体が激しく前後に揺れ動く。結合部からは、ぐちゅぐちゅぐちゅぐちゅと激しい水音が鳴りやまない。

「ふ……ぅっ……あっ……」

あえぎながら朦朧《もうろう》とする意識でダイアナは考える。

（こんなに激しかったら、絶対に外に聞こえちゃう……）

どれだけ声を我慢しても一緒ではないかというぐらい、結合が深まっていく。

「何かに必死に耐えるダイアナも、いじらしくて可愛らしいな……」

「……っうっ……」

レオパルトがダイアナの背に口づける。唇に触れられただけで、ダイアナの身体はピクンと跳ねた。それだけ身体は鋭敏になっており、いよいよ果ててしまいそうだ。

「あっ、レオっ……もう、ダメっ……」

「店主！　店主はいるか？」

（え——!?）

まさかのタイミングで、レオパルトがカーテンの向こうの店主を呼んだ。

果てかけたダイアナだったが、なんとか我慢する。けれども彼の長い指が芽に伸びてきて、いじり始めるではないか。

「ひうっ……っ……！」

蜜口から勝手に蜜があふれて床に落ちていく。激しく最奥を貫かれつつ、膨れ上がって敏感になった芽をいじられながら、ダイアナが必死に唇を噛み締めると、隙間から息が漏れ出る。

「ううっ……」

カーテンの向こうに店主が近づいてきたのがわかって、ダイアナは頭がおかしくなりそうだった。

「店主、以前話していた件だ。契約を履行させていただきたいが、どうだろうか？　長い話になりそうだ。今の接客が終わったら、話を進めても？」

激しく腰を動かしたまま、レオパルトは平然と話を進めていく。

「本当ですか！　そんないい話をありがとうございます！」

店主が喜色の浮かんだ声をあげているのが、遠くに聞こえた。子宮を揺さぶられ、膣道と芽の付近から全身へと快感が何度も何度も走っていき、いよいよ限界だった。

「レオ……わた……も……」

頭の中がちかちかと点滅し始める。

そんなダイアナの様子を見下ろしたあと、レオパルトが店主に声をかけた。

「店主、下がって接客を続けてくれ。採寸はもう終わるから。せっかくだ、彼女たちには次回の採寸の予約をしてもらえるように取り計らってほしい」

「はい、わかりました」

限界を迎えかけたダイアナは子犬のような息を吐く。

（やだ、わたし、もう……）

店主が立ち去ろうとしたとき、レオパルトの大きな手がダイアナの口をふさいだ。その瞬間――

「んんっ……！」

ダイアナは絶頂を迎え、ビクビクと全身を震わせる。

膣奥めがけて大量の熱い精がほとばしる。ぐっとレオパルトの腰がダイアナの臀部《でんぶ》に押しつけられた。余すことなく精が注ぎこまれる。

「はあ、は……」

ふさがれていた口が解放され、肺に新鮮な空気が取りこまれる。脱力し、ベルベットの絨毯《じゅうたん》の上に崩れ落ちた。

（レオが口をふさいでくれなかったら、大変だったわ……）

肩で息をするダイアナの汗ばんだ背に、レオパルトは口づけを落とし続ける。

「我慢するダイアナがいじらしくて仕方がなかった。だけど、意地悪がすぎたかな……？」

飄々《ひょうひょう》とした態度で応えるレオパルトの喜々とした声を聞いて、ダイアナは核心に至った。

（ああ、やっぱりわざと、あのタイミングで店主を呼んだのね……）

年上のレオパルトはどうも少し子どもっぽいところがあると思いながら、ダイアナはそのまま眠りについてしまったのだった。


ダイアナの意識が戻ったのは、帰りの馬車の中だった。

（あれ？　もう夜……？）

ガタガタとした揺れの中、ダイアナは身体を起こそうとする。だが、頭の上に柔らかな重みを感じた。

「ああ、起きたのかい、ダイアナ？」

広い馬車の中のようだ。ふかふかの座席に寝かせられていたダイアナの頭は、レオパルトの膝の上にあった。いつの間にかツーピースドレスに着替えている。

(誰が着せたの……？)

たぶんレオパルトだろうとは思ったが、まだ気だるげだった。

「屋敷まで寝ていて大丈夫だ。君が眠っている間に店主とのやりとりも済んだ。これから先、君には事業で手伝ってほしいことがあるんだ」

「わたしが手伝い……？　わたしがあなたの役に立てるのかしら？」

「君だから頼めることだよ。ダイアナならできるって俺は確信している」

レオパルトの大きな手が、ダイアナの髪を何度も撫でる。

優し気に微笑んでそう言われると、なんでもできそうな気がしてダイアナの心が弾んだ。だが店でのことを思い出し、口をとがらせる。

「そうだ、レオ！　ああいうところで、ああいうことをされると困っちゃうわ……‼」

「ああいうところ？　ああいうことって？」

レオパルトが柔和な笑顔を浮かべながら問い返す。

「ああいうことは、ああいうことで……」

「具体的に言ってもらわないとわからないな？」

「……っ！」

ふいっと思わず顔をそらした。

「意地悪」

「ああ、すまなかった。つい、ね」

「もう……公共の場所で肌を触れ合わせることはしないでくれる？　やっぱり人の目が気になるの……」

少し抽象的な言い回しになったが、ダイアナは自分の思いを伝えた。

「もう絶対に触らないで」

けれども、レオパルトからの返事はない。

（どうしたのかしら……？）

見上げると、レオパルトは目を見開いたまま呆然とした表情で固まっている。

「レオ、どうし……？」

「ダイアナ……俺はまた、君に触れられなくなるのか？」

（ん？）

何やら話がおかしな方向に行きはじめた。

「俺がダイアナに触れたい欲望を我慢できなかったばかりに、また君に拒絶されるのか？」

爽やかだった彼の表情がだんだんと翳っていく。

二年――いや三年近く、結果的にダイアナとことを為せなかった経験のあるレオパルトにとって、彼女に少しでも拒否されると、心の傷を刺激してしまうことになるのかもしれない。

ダイアナは慌てて否定する。

「ち、違うわ、レオ！　もう触らないでって言っているわけじゃないの……！　ただ、ああいう人が出入りするような場所では……」

するとレオパルトは蕩けるような極上の笑みを浮かべた。

「よかった、ダイアナ。君の嫌がるようなことは二度としないようにするから」

ダイアナの心臓がドキンと大きく跳ねる。嬉々《きき》として話しはじめたレオパルトは、記憶を失い、少年時代に戻っていた彼に似ているなと漠然と思う。

(レオはわたしよりも大人で格好いいけれど、こういうところは……可愛いというか、なんというか)

「ん?」

ドギマギしていたダイアナだったが、レオパルトがおもむろにツーピースドレスのブラウスのボタンを外しはじめた。

「レオ……?」

「ちょっと回り道をしてもらっているから、屋敷に着くまでにまだ時間がある。馬車の中なら誰も出入りしないから、君も心配しないですむ」

「え?　ちょっ……出入りはないけど……」

(御者がわりと近くにいるんですけど……)

「そもそも、どうして回り道をしてもらってるの?」

「さっきは君が眠ってしまったから物足りなかったんだ。とにかく屋敷に着くまで時間がある。さあ、俺の可愛いダイアナ、こちらに顔を向けてごらん」

そう言うと、レオパルトはダイアナの頬に何度も口づけを落とし始める。

「ちょっと、レオ……！　んんっ……」

レオパルトに荒々しく唇をふさがれる。こうなった以上、もう制止できない。

その日、ダイアナは馬車の中でレオパルトに身を委ねた。

結局、馬車が止まったあとも車体がガタガタ揺れ動いていたので、御者が気を遣って扉を開けなかったことに、夫婦は気づいていなかったのだった。

第三章　かつてわたしを甘く愛した夫はもういない

先日、ダイアナはレオパルトから事業で手伝ってほしいことがあると言われた。けれども、彼は多忙で何日間か屋敷を留守にしている状態で、いったい何を手伝えばいいのかは謎なままだった。

そんな、とある早朝。

ぱっちりと目を覚ましたダイアナは、清涼な空気を浴びるために屋敷の庭園を散歩することにした。

白いブラウスと紺色のスカートを合わせたシックなツーピースドレスに袖を通すと、全身鏡の前で自身の姿を確認した。

(よし、ブラウスのボウタイをきちんと整えて……スカートのプリーツに乱れはないわね。足首まであるから、最近少しだけ寒いけど大丈夫なはず)

そうして、キャメルのレースアップブーツに履き替えると、外に飛び出した。

「空気が気持ちいいわね」

爽やかな朝の空気を、ダイアナは肺いっぱいに取りこんだ。

屋敷は少しだけ小高い丘の上に設けられている。ノット・ガーデンと呼ばれる、背の低い箱型の幾何学模様をした生垣を見下ろしながら歩を進めた。

庭には女神を模した彫刻や噴水が備わっている。森の向こうには滝もあり、客がいるときには芝生の上でゲームに興じたりもできるのだ。

(身体を動かすにはちょうどいい広さなのよね)

生家に比べると小さな場所だが、レオパルトは財界にも名を馳せる大富豪のため、貴族に遜色ない広大な土地を有している。

庭の中の林を抜けると、厩舎《きゅうしゃ》が見えた。その近くにある小さな池のほとりを通って橋を渡った先には、壺を持った女神の彫像が中央にある噴水がある。

そうして、ダイアナが厩舎《きゅうしゃ》を通りかかったとき。

「ねえ、聞いた、レオパルト様とダイアナ様の話」

「今度はなんなんだい？」

(この声は……)

新婚当初に、レオパルトが浮気していたと会話していたそばかすのメイドと御者の声だった。

「旦那様、本当は列車事故の犯人らしいのよ。だけど、裁判官たちを金で黙らせて罪を逃れたそうなの」

「へえ、そりゃあ、知らなかったな」

「そうそう。そんなことになっても、奥様は旦那様と別れなかったじゃない？　新婚当初に浮気までされていたのに……プライドが高いのか低いのか、よくわからないけれど……」

「ダイアナ様はおとなしめで従順な方だからなあ」

すると、一層眉をひそめたメイドが続ける。

「旦那様も貴族とのパイプの問題だってあるし、とりあえず最近は夫婦仲睦まじく振る舞っていらっしゃるみたいだけど……」

「まあたしかにダイアナ様の女性としての魅力は顔と若さではあるが……。とはいえ、ダイアナ様はどうもこの間の社交パーティで素敵な演奏をしたらしいじゃないか？　意外とレオパルト様もダイアナ様の魅力を見抜いていたんじゃないかい？」

「まあ！　あんな不釣り合いなのに、本当にそう思って？　……あら、話しこみすぎたわね。掃除の続きをしなきゃ。噴水の掃除の手伝いをしてくれる？」

「仕方ないな、あとから行くよ」

以前だったら、噂を聞いて打撃を受けていたところだったが……

(呆れた……なんでレオパルトの話も聞かずに、こんな人たちの噂を信じたのかしら……数年前の自分を叱ってあげたい)

彼らの姿を見て、ダイアナは心底あきれ果てた。

(当人同士にしかわからない問題なのに、根も葉もない噂をいろいろと流しておもしろおかしく吹聞して……違うところを散歩しましょう)

そう思いダイアナが踵を返そうとしたところ、視界が急に高くなった。

「きゃっ……！」

「会いたかったよ、ダイアナ」

耳障《ざわ》りのいい優しい声音《こわね》が耳元で響いてくる。

「レオ！」

ダイアナを抱きかかえたのは、レオパルトだった。今日はチャコールグレイのインバネス・コートを身にまとっており、秋らしい装いだった。

「離れている間も元気にしていたかい？」

「ええ、この通りよ」

たくましい両腕が腰と膝裏にまわされ、いつの間にか高身長のレオパルトの頭よりも、ダイアナの頭のほうが高い位置に掲げられていた。軽々と身体を持ち上げられ、心臓は高鳴ってしまう。

（レオは気軽にこうやって愛情表現してくれるけれど、いつまで経っても慣れないわ……）

視線が同じぐらいになるようにダイアナの身体を降ろしたかと思うと、レオパルトは頬に何度も口づけを落としはじめた。

「きゃっ……！　ちょっと、レオ！」

「ああ、なんて俺のダイアナは愛らしいんだ」

ちゅっ、ちゅっと何度か音が鳴って、ダイアナは気恥ずかしくなってくる。

「レオ、この間、公共の場ではダメだって言ったじゃない？」

「ダイアナ、ここは私有地だよ、公共の場じゃない」

「そうだけど……」

レオパルトのアップルグリーンの瞳は、きらきらと少年のように輝いていた。

「なあ、ダイアナ」

「どうしたの、レオ？」

「どうしてだろう、愛するダイアナが少しだけ元気がないように俺には見える」

ダイアナの心臓はドキンと高鳴った。

（レオは鋭いわね……）

再会できてうれしい反面、先ほどの使用人たちの話を聞いて、過去の自分自身の愚かさを嘆いていたところだ。レオパルトの顔を直視できないでいる。

「あなたに会えてうれしいけど……」

「あの厩舎《きゅうしゃ》にいる使用人たちのことだろう？」

ダイアナはハッとして目を真ん丸に見開く。

「レオ、気づいていたの？」

「そりゃあ、あんなに大きな声で話されたら聞こえるさ」

ダイアナはなぜか妙な焦燥に襲われてしまい、気づけば眉根に力を込めてぎゅっと寄せてしまっていた。

「さて、気を取りなおして一緒に散歩でもしようか」

「わかったわ」

てっきり並んで歩くものだと思っていたのに、レオパルトはダイアナを抱きかかえたまま歩きはじめた。

レオパルトの腕の中で、ダイアナはしゅんと項垂れる。

「君が気落ちしているのを見るのは、久しぶりだな」

「馬鹿な噂話を信じて、あなたと二年間向き合わずに過ごしたことを後悔しているの……」

ダイアナはしばらく答えを返さずにいたが、ぽつりぽつりと悲し気に口を開いた。

レオパルトは小さな橋をゆっくりと歩いていく。

「俺も君から逃げていた。しかしもう解決した話だ。気にすることはない」

「そう、だけど……」

それでもダイアナとしては、レオパルトに対しての罪悪感のようなものが胸の内に残っている。

気づけば橋を渡りきって噴水まで来ていた。自分たちの背丈の倍ぐらいある高さから水がざあざあと湧き出し、流れ続けている。

噴水を取り囲む白い縁石の上へそっと降ろされた。座っているダイアナの前方にレオパルトはひざまずく。

「ごめんなさい、レオは気にしなくていいと言ってくれたのに……わたしったら、こんなに落ちこんでしまって……」

うつむいたままのダイアナの手をレオパルトは恭《うやうや》しく手に取ると、ちゅっと口づけた。

「俺は君の笑っている顔が好きだよ、ダイアナ」

老若男女問わずに魅了する、蕩けるような笑顔を浮かべる。

ダイアナの鼓動はますます落ち着かなくなってしまった。

「レオ、わたし――んっ」

顔を上げて何か言いかけたが、背を伸ばしてきたレオパルトの唇にふさがれてしまう。最初は重なるだけの口づけだったが、次第に舌が入りこみ、どんどん深い口づけへ移行していく。大きな両手が細い腕を掴んで離さない。

「あっ、んっ、レオ、あっ……」

レオパルトの舌に口中をかき回され、そのたびに身体はビクンビクンと反応してしまう。だんだんと頬が火照っていく。久しぶりにキスをしているだけなのに子宮はキュウッと疼《うず》く。下半身をもじもじさせていると、レオパルトが声をかけてきた。

「ダイアナ……君が俺を求めてくれているようで、すごくうれしいよ」

「……っ！」

レオパルトにそんなふうに言われて、ダイアナは視線をそらした。

（恥ずかしい……！）

「ひゃっ……！」

レオパルトがダイアナの首筋に噛みつくように吸いついてきた。そのまま音が立つほどに強く吸われ、ビクンッと身体が跳ねあがった。

「ダイアナ、もう我慢できそうにない」

いつの間にかレオパルトの大きな右手が、ダイアナの左の乳房を掴んでいる。

「あっ、あっ、レオ、ダメっ、こんなところで……！」

服の上からゆっくりと揉みしだかれ、ダイアナはあえいだ。

「俺の可愛いダイアナ……愛している」

レオパルトの口撃はやまない。

ざあざあと水の流れる音でダイアナの嬌声はかき消されているが、ここは外。太陽も次第に上ってきており、誰が来てもおかしくはない。

（……さっきの使用人たちが、噴水の掃除がどうとか言っていなかった？）

いつの間にか、ブラウスのボウタイをしゅるりと解かれ、レオパルトの長い指によって器用にボタンを外されてしまっていた。ブラシエールが晒されたかと思えば、ブラウスの隙間から手が侵入し、肌に直接触れてくる。

「あっ、ダメだってば、レオ……あっ、んんっ……」

しかし、やはりレオパルトは聞く耳持たずだ。

ダイアナの右の乳房がふるりと外に露出する。

「ああ、もうこんなになって……」

少しだけとがった突起をレオパルトが長い指で何度か擦《こす》ったあと、ゆっくりと口に含んだ。

ちゅうっと吸われると快感がダイアナの全身を駆け抜け、悶える。

「あっ、んんっ……！　レオ……っ！」

ダイアナは、レオパルトのアッシュブロンドの髪に手を伸ばして引きはがそうと試してみるが、できない。そうこうしているうちにプリーツスカートの裾から彼のもう片方の手に侵入され、脚を撫でまわされる。

抵抗したかったが全身を快感が走り抜け、結局レオパルトの頭にしがみつく格好になってしまった。気づけば、レオパルトの指はダイアナの下着の割れ目をなぞりはじめている。

濡れているのがバレてしまったに違いない、と恥ずかしくて仕方がなかった。

「あっ、レオ、やあっ……あっ、あ……」

そのまま彼に愛撫《あいぶ》され続けていたダイアナだったが——

「さあ、掃除をしましょうか～！」

噴水のざあざあとした流水の音に紛れ、掃除に来たメイドの声が夫婦の耳に届く。噴水の中央に立つ壺を持った女神像をはさんで、反対側から声が聞こえてくる。

「あっ、レオっ……！　使用人が来るわ、離れっ、ああっ……！」

メイドと御者が間近に迫って来ているというのに、レオパルトは愛撫《あいぶ》をやめない。それどころか、乳房を大きな手が掴んで揉みしだきはじめた。

「やあっ……あっ、ああっ……！」

下乳を上から下に持ち上げられ、先端を吸われ続けるとダイアナはあえぐしかない。必死に声を出さないようにするが、どうしても声が漏れてしまう。

（こんな乱れた姿をほかの人に見られるわけには！）

「レ、レオ……！　やめ……んんっ……！」

きつく吸われ、ダイアナの身体がピクンと跳ねる。両脚の間がぐっしょりと濡れてしまっているのが自分でもわかり、恥じ入った。

レオパルトがゆっくりと唇を離すと、乳房の先端にべったりと唾液が残る。

「なあ、ダイアナ、俺がどれだけ君のことを好きか、使用人たちに知らせるいい機会だと思わないか？」

「え？　何を言ってっ……ああっ……！」

ショーツの中のとろとろにとろけきった溝に、レオパルトの長い指が伸びる。そうして、ぬるりと狭穴《きょうあな》に侵入して出し入れをはじめた。水音は噴水の音にかき消されていく。

「んんっ……あっ、あっ……！」

「こんなにも俺は君を愛しているのに、それがわからない使用人たちには反省してもらったほうがいい」

そう言うと、レオパルトはダイアナの唇をふさいだ。くちゅりくちゅりと、ふたりの舌同士が絡み合う。

「あっ……レオ……はっ……あっ……」

「ダイアナ……頬を染める君はなんて愛らしいんだ」

また胸元に戻ったレオパルトは、左の乳房をブラウスの中から取り出すと食《は》みはじめた。

ちゅうちゅうと音が立つほどに硬くなった突端を吸われたり、舌でぺろぺろと舐められたりして、ダイアナの頭はおかしくなりそうだった。じゅぷじゅぷと指の出し入れの速度も増し、蜜道から激しい水音が立ちはじめる。

「ああっ……ゃあっ、あっ、は、あ……」

何度も身体を震わせながら、ダイアナは使用人たちの動向を探る。察するに、使用人たちはまだ噴水の反対側の掃除をしているようだった。

(まだ時間的に大丈夫だとは思うけれど……)

「ひああっ……！」

レオパルトの指が膣内のひと際鋭敏な位置を探り当ててきた。キュウッと太ももの内側から爪の先まで力が入る。

「あっ、ダメっ、レオ……そこは、なんか、変で……ああっ……」

ダイアナはかつてないほどの気持ちよさを感じた。レオパルトの頭にしがみつく力が増していく。

「変なのは、胸？　それとも下……？」

「し、下……んんっ……！」

(あっ、ダメ……声、我慢できなくなるくらい、身体がおかしい)

いつも以上の快楽が、全身に波のように襲いかかってくる。一番気持ちがいい箇所を指の先端が執拗に刺激してくるせいで、さえずる声は大きくなってしまう。

しかし、レオパルトの舌と指遣いは優しい激しさを増すばかり。

「無理っ、はっ、あっ……！」

とろんとした瞳を浮かべ、頬を火照らせながら、ダイアナはレオパルトに助けを求めるかのようにあえいだ。

「あっ、はっ、あっ、あ、も、無理っ、レオ……はっ、ああっ……！」

何かが弾けたような感覚が、電流のように頭の中を駆け抜けていく。

そのままダイアナは大量の潮をほとばしらせた。ただでさえ愛蜜でぐっしょりと濡れていたショーツがびちゃびちゃに汚れてしまう。おろしたての紺色のプリーツスカートまで及んでいる可能性があった。

「はあ、はあ……」

走り切ったダイアナの全身は、汗でびっしょりになっていた。

(使用人たちに気づかれた……？　とっても大きな声が出てしまったわ……)

恥ずかしさでダイアナはうつむき、レオパルトの頭をぎゅっと掴んだ。ただでさえ火照っていた頬が、火を噴くように熱く感じられた。

庭でよからぬことをやっていることも相まって、自分が野生の動物か何かみたいな気分になってくる。

老若男女を惑わすような微笑みを浮かべながら、レオパルトは告げる。

「気持ちよさそうな君を見ていると、俺もとても幸せな気持ちになってきたよ」

「レオ……でも、これ以上は、ダメよ、早く帰りましょう……。服も汚れてしまったし、あなたの事業の手伝いの話も聞きたいし……」

ダイアナは深呼吸をしながらレオパルトにそう伝えて、乱れた衣服を急いで整えようとした。

「ダイアナ……君の可愛らしい声や顔を見ていたら、我慢できなくなってきた」

「えっ……」

（ま、まさか……いつものこの感じは……）

服の乱れを直そうとしていたダイアナの両手は、レオパルトの大きな手に阻まれてしまう。

「んんっ……」

またもやレオパルトに唇をふさがれ、抵抗がまったくできない。少しだけ腰を上げた彼の猛《たけ》りが、さらけ出された脚に触れた。

（ああ、やっぱり……！）

使用人たちに見られるのを今度こそ覚悟しないといけないかもと、ダイアナは思った。

だんだんと陽が昇ってきている。使用人たちはまだ噴水の反対側で、枯葉をほうきで掃いているようだった。

「レオ、待って、んんっ……」

たくし上げられたスカートの下、下着を取られて秘所が外気にさらされている。ぬるりと濡れた花襞をかきわけ、熱くとがった肉鞘の先端が触れた。

「あっ……ダメっ……んんっ……」

だが受け入れ準備ができてしまっていた濡れ穴は、じゅぶじゅぶと猛茎を容易に飲みこんでしまう。

（ああ、すぐそばに使用人がいるのに、全部入ってしまった……）

青ざめているダイアナをよそに、レオパルトは意気揚々としていた。

「ダイアナ、動くよ」

「きゃっ……あっ、んっ……あっ、あっ……」

腰を揺らしはじめると、たくしあげられたスカートからさらけ出された両脚が艶《なま》めかしく揺れ動く。ずぷずぷと薄桃色の洞の中を、猛《たけ》る器官に何度も往復され、凌辱《りょうじょく》されてしまう。

「あっ、んっ、んっ……」

水の中に落ちないように、ダイアナはレオパルトの広い背中に必死にしがみつく。

噴水の音に、使用人たちの会話が交じって聞こえる。さらに、交合のぐちゅぐちゅとした水音が鳴る。

だんだんと使用人たちの声がこちらに近づいてくるのがわかる。だというのに、レオパルトは動きを止めない。

「レオっ……ダ……メっ、んっ……」

あえぎ声くらいは我慢しようとダイアナは口をつぐむ。けれども、レオパルトの腰の動きは苛烈さを増すだけ。

「ダイアナ、ほら、声を我慢しなくていいんだよ。俺たちの仲のよさをあいつらに見せつけてやらないと」

耳元で甘ったるい声でささやかれた。

「んっ、それがダメだって、言って……」

抵抗しようにも、レオパルトが抜き差しをやめる気配はない。

人の気配を感じて潤んだ恥肉が、よこしまな淫根をぎゅうぎゅうと締めつける。がくがく振り子のように揺れていた両脚を、必死にレオパルトの腰に巻きつけた。

次第に声も我慢できなくなっていく。

「あっ、あっ、あんっ……」

「ああ、ほら、君も彼らに見せつけたいって言ってるよ」

レオパルトは汗ひとつ流さずに爽やかな口ぶりで言う。

(わたし、そんなこと言ってない……!)

いよいよ使用人たちが近づいてきたと思いきや、一層腰遣いが激しくなった。

「あっ、あんっ……」

声と足音が、ざりざりとほんのすぐそこで聞こえ始めた。

(今度こそ、もうダメ……)

いよいよ見られる覚悟を決めるべきだろう。

「あっ、んっ、んっ……」

与えられる快楽の波にのまれかけながら、ダイアナが諦めの境地に達した、そのとき。

ゴオッ……！

噴水の勢いが増した。吹き出し口から今まで以上に水が湧き出る。

(——!?)

使用人たちが話しはじめた。

「ああ、ちょうど朝礼の時間だ、屋敷に戻ろうか」

「ええ」

そうして、足音は遠ざかっていく。

ダイアナはレオパルトと繋がっていることも忘れて、きょとんとしてしまった。

「え？　何？　どういうことなの……？」

すると、訳知り顔でレオパルトは告げた。

「ああ、残念。水が噴き出す定時の時間だったようだ。……さあ、もう声を出してもいいよ、ダイアナ」

「あっ、んっ、んっ……」

（まさかレオは気づいて……）

なんだかレオパルトの顔がひどく意地悪なものに見えるが、気のせいではないかもしれない。そうして抽送運動の最中、猛《たけ》る淫棒が律動をはじめた。

「ああ、ダイアナ、君の中に全部解き放ってもいいだろうか？」

「あっ、あんっ……」

もう応えるだけの余裕など残ってはおらず、目の前が点滅しはじめた。

「出すよ、ダイアナ」

「あっ、レオっ……あっ、あっ……ああっ……――！」

噴水の勢いとともに、ダイアナは絶頂を迎える。

全身をわななかせる彼女の最奥へレオパルトは情欲の飛礫《つぶて》を弾けさせた。ひくつく蜜口が、猛《たけ》りをひくひくと締めつける。

肉壁に精を擦《こす》りつけたあと、ずるりとレオパルトが萎茎を取り去った。いまだひくついている蜜口からは、蜜と精が混ざったものがあふれ出す。

「ダイアナ、声を我慢する君がいじらしくてたまらなかった……」

はあはあと悶えるダイアナの唇に、ちゅっとレオパルトは口づけてきた。

「レオの、意地悪……」

「君にそう言われるなら本望だ……ああ、もっと繋がっていたいが、連れて行きたい場所がある。着替えたら出発しようか」

レオパルトに横抱きに抱えられながら、ダイアナは一旦屋敷に戻ったのだった。

そのあと、ダイアナがレオパルトに連れて来られたのは、彼が展開する事業のひとつ——とある婦人服屋だった。真新しい建物からは木の長閑な香りがする。奥には豪華なミシンや裁縫《さいほう》の道具、版などが見えた。

「レオ、まだ開店はしてなさそうね……?」

「ああ、そうだね」

「そんな場所にわたしをどうして?」

するとレオパルトが思いがけないことを言う。

「俺の友人シャーロック・フォード公爵がいるだろう？　彼の奥方が婦人服の事業に興味があるらしい。結婚して約一年、もともと働いていた工場のドレス・メーカーの徒弟に入って、フォード夫人は自身もドレス・メーカーになられたんだ」

話を聞く限り、働くことに対して積極的な女性のようだ。

「ダイアナにはフォード夫人と一緒に、新規開店予定のこの店の事業を任せたいんだよ」

「え⁉　わたしが⁉」

思いがけないレオパルトからの提案に、ダイアナは戸惑った。

「フォード夫人も一緒だし……何よりもダイアナ、君には服飾に関するセンスがある。接客だったり、金勘定をメインにしつつドレスのデザインを描いたり、夫人と一緒に考えてみたり……ぜひ、この事業の展開に関係してもらいたいと思っている」

「レオ」

「ダイアナ、気づいていないかもしれないけれど、君は美的センスにあふれている。救護院でも老婦人に化粧を施したり、似合うドレスを提供したりしただろう？　あんなふうに客商売を展開してもらえればいい。責任はもちろん俺が取るから」

レオパルトからの信頼の眼差しを感じた。

（だけど、わたしにできるのかしら、そんなこと？）

何かをやって失敗して、レオパルトやフォード夫人に迷惑をかけるのは怖い。

ダイアナは胸の前でぎゅっと手を握りしめた。

今までの彼女だったら、そのまま胸の内にモヤモヤを抱えて断っていただろう。

だけど、思い切って本心を打ち明けることにした。

「レオ、わたしは、失敗してあなたたちを困らせるのが怖いの。お金がかかることでもあるし……今までみたいに何もせずにおとなしく過ごしていたほうが、周りに迷惑がかかることもない……正直、自分にそんな才能があるのかって、自分ではわからないし……やってみたい気持ちはあるけれど、怖いの……」

紛れもなく本心だった。

こんなふうにレオパルトに思いを吐露できるようになるなんて、三年前ならあり得なかったことだ。

レオパルトが慈愛に満ちた笑みを浮かべた。

「ダイアナ、ずっと君のことを見てきた俺が言うんだ。間違いないよ。君はもっと素敵な女性になれる」

ずっと見てきたと言われて、なんだか胸がこそばゆい。

「さっきも言った通り、ちゃんと俺がフォローする。失敗したってかまわない。そもそも事業がひとつ失敗したぐらい、大した問題じゃない。今に至るまでに、俺も散々やらかしてきたしね」

「レオ……」

明るく励まされ、どんどん気持ちが上向いていく。

（レオに言われたら頑張れる気がしてきたわ）

レオパルトのことを信頼できるようになったからこそ、思い切って本心を打ち明けることができた。それだけでも、自分自身の成長を実感できて、じわじわと自信が湧いてくる。

「レオ！　わかったわ、わたし、やってみる！」

ダイアナの頬が自然と緩んだ。レオパルトも破顔する。

「ありがとう。ダイアナならそう言ってくれると思っていた」

レオパルトがダイアナの両脇を両手で抱える。

「愛している。ダイアナ。君は俺のたったひとりの幸運の天使、いいや女神だ」

「もう、レオったら」

そうしてレオパルトはちゅっと口づけてきた。口づけは一度では終わらず、何度も繰り返される。だんだん深い口づけへ移行していき、互いの息遣いが荒くなっていく。

最後に舌を激しく絡ませたあとで唇を離すと、愛し合ったあとがわかる銀糸が伸びた。

「レオ」

「ダイアナ」

ダイアナの潤んだ瞳に耐えられなくなったレオパルトは彼女を抱えた。そのままソファに横たえ、覆いかぶさった。

「ちょっ、レオ、ドアはガラス戸で……！」

「大丈夫、ここにはふたりしかいない」

「そうじゃないの。誰か来たら、もしくは中を覗かれたら見え……きゃっ……」

聞く耳持たずで、レオパルトはダイアナの柔肉に指を沈みこませた。

「あっん……」

言ってもどうせ言うことを聞かず、レオパルトはどんな場所でも求めてくるのだ。熱を孕んだ視線がこちらを穿《うが》つ。甘い声音《こわね》が鼓膜を震わせてくる。

「愛しているよ、ダイアナ……いつまでも君だけを……」

「もう、レオ、だめよ……！」

そうは言いつつも、相手に求められる喜びのほうが勝る。

レオパルトの甘い愛のささやきに胸が躍る。

頑なに相手を信じ切れずにいたころのように、拒絶することはもうしない。

「ダメだろうか？」

縋るように懇願されると、どうしても言うことを聞きたくなってしまう。

「……ダメ、じゃないわ……」

本心では相手の愛情をいついかなるときでも受け入れたいのだ。

ずっと自分のことだけを愛してくれたレオパルトの積年の想いを、受け入れるように、ダイアナはレオパルトの首へと腕を回す。

そうして、彼のワガママを聞いてしまう。

「わたしも、本当は、いつだってあなたを……愛しているわ、レオ……あなただけをずっと……」

ソファでふたりは抱きしめ合う。

「んっ、レオっ……あっ、あっ……」

「ダイアナ、君の媚態に心が躍るよ」

重なり合った夫婦が前後に動いて、ソファがギシギシと鳴った。

――これからもずっとレオパルトのワガママや意地悪をダイアナが聞き入れる。そのぶん、レオパルトがダイアナを甘やかす。そんな関係が続いていくのだろう。

後日、フォード夫人とともにダイアナは婦人服屋を開店した。

服屋は街で大人気になるのだが――そんな未来のことなんてまだ知らず、レオパルトの腕の中に抱きしめられて過ごすのだった。

第四章　レオパルトの想い

眠るダイアナの愛らしい寝顔を眺めながら、レオパルトは少女時代の彼女に拾われたときのことを思い出していた。

「俺は最初出会ったころの彼女を、馬鹿なお嬢様だと思ってたんだったな……」

当時からプラチナブロンドの麗しい髪を風に揺らしながら歩く、愛らしい顔立ちの高潔な少女だった。

異母姉ソフィアと異父兄グレイを失って自棄になっていたころ、オズボーン卿の手下に顔の判別もできないぐらいに殴られた自分を、少女時代のダイアナが白い包帯をぐるぐる巻きにした日のことを今でも覚えている。

『ふう、これでよしね、おじいさん』

かろうじて目と鼻と口はふさがっていなかったが、顔がまったく見えない状態だったため、ダイアナはレオパルトのことを老人だと勘違いしていた。

しばらくの間ダイアナは、『拾ったのはわたしだから、司祭様たちには迷惑をかけられない。毎日の世話はわたしがするわ』と言って、レオパルトの面倒を見たがった。

『はい、おじいさん、ごはんを食べてください』

『待て、口に匙を無理矢理つめようとするな、熱い』

『きゃあ、ごめんなさい！』

食事の世話をしてきたかと思えば、いきなりレオパルトの手を取ると、散歩に連れ出した。

『部屋の中で引きこもっているのはよくないですよ。外に出ましょう』

『おいおい、俺はケガをしてるんだ。貴族のお嬢さんは安静っていう言葉を知らないのか？』

『ずっと部屋の中にこもりきりだったら、気持ちだってめいっちゃいます。だいぶ治ってきてるでしょう？　さあ、行きましょう』

浮浪者だとか気にせずに、ダイアナは手を引いた。

教会の敷地内にある森の中、無邪気に前を歩く少女の姿が、当時のレオパルトにはとても奇異に映った。

他人に背中を見せることに対して不安を抱いていない。背後を歩くレオパルトのことを信頼しているのか、単純に子どもだから何も考えていないのか。

(ここがスラムだったら命がないか、あっても女子どもには耐えられないような状態になっているだろうな)

ダイアナは自分とは違う、陽の当たる世界で生きている少女だと思った。近くを歩けば歩くほど彼女を遠くに感じる。

(どんな人間に対しても平等に振る舞おうとする高潔なお嬢様だ)

自分とは住む世界の違う人。自分が同い年ぐらいのころには、こんな純粋な気持ちは失っていたなと思う。

（何も知らない世間知らずのお嬢様だ、うっとうしい……）

だが、きれいごとしか口にしない偽善者のはずの彼女は、約束通り、毎日レオパルトの世話を焼いた。少し前にした約束などなかったことにされるスラムでの常識とは違って、きちんと約束を守ろうとする彼女がとても新鮮に見える。

身の安全の不安にいつも脅かされて、気を張って眠れない日々を送ることも日常茶飯事だったし、隠れ蓑に嫌な女のもとで過ごさないといけないことだってあった。

しかし、教会では穏やかに眠ることができた。そうして目を覚ますと、そばに彼女がいて微笑んでくれるのだ。

『おじいさん、おはようございます』

『……また来たのか、懲りないな』

『今日はわたしのオルガンの練習に付き合ってください』

『お前の下手な演奏をなんで聞かされなきゃいけないんだよ……』

『もう、おじいさんは意地悪な言い方ばっかりするんですから。ほら、行きますよ』

口では下手だと言っていたが、とてもきれいな旋律を聞かせてくれた。

『おじいさん、器用なんですね』

『え？』

『裁縫箱《さいほうばこ》を貸してくれって言うから、何ごとかと思ったら、教会のカーテンの修繕をしてくださったんですね。手が腫れてなかったら、もっと早くできそうですね』
『子どものときにまともに働こうって頑張ってた時期があったんだよ。時間があったから、しただけだっての……』
最初は嫌悪していた慈善家のお嬢様。だけどいつの間にか、そんな彼女に世話をされる毎日が嫌ではなくなっていた。

そんなある日のこと。普段なら朝早くに現れていたダイアナがなかなか顔を出さない日があった。

（今日は遅いな……）

彼女が置いていったハンカチの刺繍がほつれていたので直していたレオパルトだったが、そこでハッと気づく。

無意識に、彼女が来ることが当然のように感じてしまっていた。

（向こうが勝手に毎日来ると言っていただけだ。結局は子どもだから俺の世話に飽きたんだろう）

そんなことを自分に言い聞かせながらも、彼女が来るのを待ってしまっていた。

そうこうしていたら、ついに夕方になってしまった。ハンカチの刺繍はきれいに元通りになった。

（やっぱりな……飽きたんだな）

そう結論づけようとしたレオパルトだったが、ちょうど部屋の扉をノックする音が聞こえた。思わず椅子の上から立ち上がってしまう。

現れたのはもちろんダイアナだった。

『今日も来たのか……』

レオパルトはいつものように関心のないフリをしたが、内心来てくれたことに浮足立っている自分に気づいてしまう。心臓の鼓動がいつもより心なしか速く感じた。

(なんだよ……こんな子ども相手に、俺はどうしたんだ)

ふとダイアナへと視線を向ければ、やけに浮かない顔をしている。

『どうした？』

扉の前に立って動かない彼女の前へレオパルトは進んだ。

すると、だいぶ傷がよくなってきて浮腫みが改善した指先に、小さな手がそっと重なった。

『ねえ、おじいさん』

そうして、少女の手に力がこもる。

『わたし、あなたにとって余計なことをしたのでしょうか？』

『え？　どういうことだよ？』

『……』

思いがけない話になって、レオパルトは困惑した。しばらく無言になったダイアナの様子が、やはりこれまでとは違うような気がしたのだ。

『気になるから言えよ』

『……言いません』

陽に当たって輝くプラチナブロンドの髪とは反対にその表情は陰っており、小さな両手はカタカタと震えていた。

『言えって』

『いやです。だって、陰口を伝えるようなものだもの……』

レオパルトはなんとなく察しがついた。

『……父親にでも、どうして俺みたいなヤツを助けたんだって言われたのか？』

すると、彼女がぎゅっと歯噛みしたのが伝わってきた。

その無言こそが答えだろう。だが、貧民街出身のレオパルトとしてはなんの感情も湧かなかった。

ダイアナは瞳を潤ませながら告げた。

『……お父様から、拾った男をどうする気なんだって言われたんです。下手に相手を喜ばせて、お前はまた相手を地獄に突き落とすのかって』

やはりそうかと得心する。

『拾ったのは、わたしですもの、ちゃんと最後まで責任を取るつもりです！　だけど、犬猫じゃないんだとか、まだ子どもだから何もわかっていないって、いろいろ言われて……』

彼女はまくしたてるように訴えてきたが、父親の言葉こそが正論だろう。けれども、わりと頑固なところがある彼女には、正論を伝えても納得しないだろう。

『まあ、あんたは俺を拾って教会に届けただけだ。気負う必要もない』

そう、今までダイアナがレオパルトの世話をしていたことこそが歪《いびつ》なのだ。

（お嬢様を困らせたいわけじゃない。この救護院からも去ったほうがよさそうだな）

そう思ったレオパルトは、一度嘆息すると気を引き締めて問いかける。

『なあ、お嬢さん。俺がどんな人間か、知っているか？』

『よく知りません。ただケガが治ったら、お屋敷で雇えたらなと思っています。よかったら教えていただけますか？　ちゃんとあなたのことをお父様に伝えたら、きっとわかってくれると思うんです』

世の中を知らない無垢な彼女は目を爛々と輝かせて聞いてきた。ちゃんと説明しさえすれば、相手も理解すると思っているのだろう。そんな期待を打ち砕くように、わざと意地の悪い言い方で告げる。

『俺はスラムに住んでいるゴミみたいなもんだ。邪魔だ。失せろ。汚いゴミが……これまでに多くの人から投げつけられてきた言葉だ。一番ひどいのは、お前の命に価値なんてない、とかだったかな？　人としての価値がないようなクズみたいな男なんだよ』

瞳を揺らしながらダイアナは包帯の巻かれたレオパルトの姿を見た。

『あなたは同じ人間で……そもそもそんな言葉……同じ人にかける言葉じゃないです……そんなことを言う人が……この世にいるなんて……』

『そういう類《たぐい》の人間だっていっぱいいるんだよ。そもそも、あんたみたいなおきれいなお嬢さんが関わっていいような人間じゃない。だから俺のことなんて捨てて置きな。生きていようが死んでいようが、誰の記憶に残ることもない、それっぽっちの男だ。屋敷に雇う価値もない。俺なんかのことは忘れてしまえ』

自分のことをクズだと表現することなんて今さらどうだっていいが、まだ年若い少女としては衝撃の連続だったのだろう。ダイアナは呆然とした様子で、その場に立ち尽くしていた。

『あんたが俺を拾う前、俺は自分のせいで家族を失うことになったんだよ。死んではいないが、あいつらの人生は、俺が終わらせたようなもんだ。さっきあんたが言ってたように、あのまま死んで地獄に落ちてたほうが楽だったかもしれないな。まあこんな価値のない人間、地獄の番人だって押しつけられても嫌がったかもしれないがな……』

彼女の手の力がゆるゆると緩むと、レオパルトの横を駆け抜けた。

(ああ、幸せなときが終わった。自分の手で壊した)

けれども、彼女からかけられた言葉は想像とは違うものだった。

『おじいさんに価値がないなんて嘘です』

想定外の発言を耳にしたレオパルトは、ダイアナのほうへ視線を向けた。

『命がある者はみな価値があるって、そんな宗教的な話、俺は信じてないぞ』

『ひねくれてるおじいさんなら、そう言うと思ったんです。ほら、これを見てください』

そうして彼女が見せてきたのは、先ほど刺繍のほつれを直したハンカチだった。

『刺繍、とっても上手です。教会のカーテンどころか、ほかのみんなの傷んだ洋服だって直してくださって、みんなが感謝しています』

『はあ? そんなの誰だってできるに決まって……』

けれど、ダイアナはふるふると首を横に振った。

『誰にだってできることじゃありません。だって、わたしにはできませんもの』

『俺よりもうまいヤツはたくさんいるよ』

『そんなの上を見たらキリはないですけど、少なくともわたしが見てきた中では、おじいさんが一番上手です！　この力を上手に生かしたら、きっとすごいことができます！』

『なんだよ、すごいことって？』

『ええっと、それはわかりませんけれど……とにかくあなたの手なら……いいえ、あなたなら絶対にできますから！　だから……死んでたほうがよかったとか言わないで……』

そう言うと、感極まった彼女がポロポロと涙をこぼしはじめた。

触れ合った指先に熱い雫が零れてくる。

結局はきれいごとでしかない。だけど、彼女が自分のために泣いているのが伝わってきて、なぜかわからなかったけれど妙に胸が苦しくなった。

そうして、レオパルトはぽつりぽつりとつぶやいた。

『俺でも……後ろ盾も金も何もない俺でも、やり直せると思うのか？』

『思います。やれると思うんです。ご家族だってきっとわかってくれます。あなたはあなた自身を武器に、これから頑張っていけばどうにかなると思うんです』

――自分自身を武器に――

やっぱり彼女の言っていることはきれいごとだ。だけど――

（今まで誰も、俺に何かができるって言ってくれたヤツはいなかったな……）

気づいたら、まなじりが熱くなってレオパルトの瞳からも涙が零れていた。家族がいなくなったあと、一緒に泣いてくれたのはダイアナだけだった。

ぽつり。

本心が口をついて出た。

『……ありがとう』

それ以上何か言いたかったけれど、胸が熱くて、それだけ言うので精一杯だった。


快癒したレオパルトは、刺繍をし直したハンカチと薔薇《ばら》を一輪だけ置いて教会を去った。それからも時々、教会でオルガンを弾くダイアナの姿を眺めながら、仕立て屋で研鑽を積みつつ、持ち前の社交性を生かして商才を発揮していった。

喋り方だって乱暴なものから上品なものに変えて、これまでの自分とは違う自分を目指した。

そうして、時折教会で見るダイアナを心の支えにしてレオパルトは財を成していったのだった。

「ずっと見ているだけで幸せだった」

けれども、あるときから欲が出てきた。社交界デビューしたダイアナを見て、もう一度言葉を交わしたいと思った。昔会ったときよりも、ダイアナから少しだけ活気が失われていることが気になったが、あいかわらずレオパルトの目には美しく——いいや、それどころか神々しく映った。

『正直、いろいろな人から話しかけられるのは大変だとは思いませんか？　ダイアナ嬢』

普段は威風堂々と振る舞うように心がけていたが、声が震えていなかっただろうか。

少年のように、そんなことが気になった。

『え？』

久しぶりに聞く彼女の声は、まるでカナリアのように美しかった。

レオパルトの胸の内が歓喜に震える。

『ごめんなさい。わたしは、あなたのような社交的な男性とは話す機会があまりなくて……』

けれども、ダイアナには視線をそらされてしまった。

（さっそく嫌われたかもしれない）

不安に駆られながらも、慎重に言葉を選んだ。

『商人という立場上、口を開くのが仕事だから致し方ないが、本当の私は喋るのが苦手なのですよ』

一度話しかければ、箍《たが》が外れたように、次から次へと欲望が湧き出てきた。

会話をしているうちに、彼女の指先が気になった。

汚れた手にも触れてくれた、あの優しい手。あの手にもう一度触れたいという欲求がむくむくと湧いて、抑えきれなかった。

『どんなに華やいだ令嬢と一緒にいても、心が休まることはない。だけど、壁際に物静かに咲くあなたならば、はばたき疲れた私の休息の場になってくれる気がする』

気づけば彼女の手を取り、そっと口づけていた。

レオパルトの胸の内が甘美な悦《よろこ》びで打ち震えた。

そうして触れたら、いよいよ我慢ができなくなった。

もっと声を聞きたい、もっとそばにいたい、もっと名前を呼んでほしい。もっと、もっと……

あれだけ、自分を助けてくれたダイアナが幸せになってくれさえすれば、それでいいと思っていたのに。

欲望は際限なく膨《ふく》らんでいって、そうして、分不相応にも彼女を手に入れたいと。それだけではない、どうにかして彼女を妻にしたいという欲望が止めどなくあふれてきたのだ。

そこからは、商売以上に必死だったのを覚えている。

大富豪になるほうが簡単だったと思うほどに。

ダイアナが自分と結婚すると決めてくれたとき、どれだけうれしかったか。まるで天にも昇る思いがした。

きっと彼女本人は、それには気づかなかっただろうが。

(まさか俺のような男が、高潔なダイアナを手にすることができるなんて、奇跡のようだ……)

けれども、同時に怖くなった。

(ダイアナが結婚を決めてくれた相手は、新進気鋭《しんしんきえい》の大富豪レオパルト・グリフィス)

あのときの老人が実は自分だったと告げることができなかった。彼女が夫に選んだのは、若くして財を成した大富豪レオパルト・グリフィスであり、貧民街に住んでいた姓のないレオパルトではないのだ。

(彼女が見ているのは、本当の俺じゃない……彼女をだますことになりはしないだろうか?)

果たして、自分のような存在が、欲していい女性なのだろうか。

（本当の自分のことを知ったら、ダイアナは俺から離れていくかもしれない……）

けれども、どうしても彼女が欲しかった。

胸の内に棲む悪魔がささやいてくる。

レオパルト、お前には商才がある、金がある。

ダイアナのことをだませ。自分の本心さえも偽り続けろ。

そうすれば、バレることはない。

彼女の愛はお前だけのものだ。

気づいたときには、彼女がもう逃れられないようにすればいい。

『俺は……』

自分を偽ってでも、彼女が欲しくて欲しくてたまらなかった。

けれども、結局は自分の欲望を最優先して、本当に欲しかったダイアナからの愛情は得られなかった。

だけど、ダイアナはそんな醜いレオパルトのことも受け入れてくれたのだ。

「結局、自分を偽らなくても、ダイアナは俺のそばにいてくれた。わかっているのか、俺が仕立てたドレスは寄付しないで、いつも身に着けてくれるね」

レオパルトは眠っているダイアナの髪を愛おしそうに梳いた。

そうして、彼女の頬にそっと口づける。

「愛している、俺の女神、優しいダイアナ、これから先もずっと、ずっと君を離すことはない」

過去の自分も今の自分も受け入れたレオパルトは、偽らない想いでこれからもダイアナのことを愛し続けるだろう。

濃蜜ラブファンタジー

ノーチェブックス

Noche BOOKS

第三王子からの七年越しの求愛♡

私を忘れたはずの王子様に身分差溺愛されています

瀬月ゆな

イラスト：みずきひわ

伯爵令嬢のアリシアは、幼い頃王城で第三王子カイルに恋をしたが、彼が婚約したという噂を聞き、忘れるよう努めていた。ある日、カイルがアリシアの領地を訪れることになり、案内を任されることに。不機嫌そうだった幼い頃と違い、絵に描いたような王子様に変貌していた彼は、まるでアリシアに恋をしているかのように甘く接してきて……

詳しくは公式サイトにてご確認ください

https://noche.alphapolis.co.jp/

携帯サイトはこちらから!▶

この作品に対する皆様のご意見・ご感想をお待ちしております。
おハガキ・お手紙は以下の宛先にお送りください。

【宛先】
〒 150-6008 東京都渋谷区恵比寿 4-20-3 恵比寿ｶﾞｰﾃﾞﾝﾌﾟﾚｲｽﾀﾜｰ 8F
（株）アルファポリス　書籍感想係

メールフォームでのご意見・ご感想は右のＱＲコードから、
あるいは以下のワードで検索をかけてください。

アルファポリス　書籍の感想　検索

ご感想はこちらから

本書は、Web サイト「アルファポリス」(https://www.alphapolis.co.jp/) に掲載されていたものを、改題・改稿・加筆のうえ書籍化したものです。

かつて私《わたし》を愛《あい》した夫《おっと》はもういない
～偽装結婚《ぎそうけっこん》のお飾《かざ》り妻《づま》なので溺愛《できあい》からは逃《に》げ出《だ》したい～

おうぎまちこ

2023年 11月 25日初版発行

編集－境田 陽・森 順子
編集長－倉持真理
発行者－梶本雄介
発行所－株式会社アルファポリス
〒150-6008 東京都渋谷区恵比寿4-20-3 恵比寿ｶﾞｰﾃﾞﾝﾌﾟﾚｲｽﾀﾜｰ8F
TEL 03-6277-1601（営業） 03-6277-1602（編集）
URL https://www.alphapolis.co.jp/
発売元－株式会社星雲社（共同出版社・流通責任出版社）
〒112-0005 東京都文京区水道1-3-30
TEL 03-3868-3275
装丁イラスト－西いちこ
装丁デザイン－AFTERGLOW
（レーベルフォーマットデザイン―團 夢見(imagejack)）
印刷－中央精版印刷株式会社

価格はカバーに表示されてあります。
落丁乱丁の場合はアルファポリスまでご連絡ください。
送料は小社負担でお取り替えします。

ISBN978-4-434-32922-7 C0093